水着の金髪爆乳JDを ビーチで デカチンナンパ

～将来有望なお嬢様卵子を台無しに♪
ハメ穴として生きる幸せを教え込む夏～

著：遊真一希

画：T-28

原作：Miel

PB オトナ文庫

紗良
Sara
彼氏とビーチに遊びに
来たお嬢様女子大生。
アプローチを待ってい
るが、手を出してもら
えず焦れてきている。

水着の金髪爆乳JDをビーチでデカチンナンパ

～将来有望なお嬢様卵子を台無しに♪
ハメ穴として生きる幸せを教え込む夏～

目次
Contents

プロローグ　金髪爆乳ＪＤ、紗良

「ねえ、そんなにくっつかれると歩きづらいわよ。もう……さっきから肘……胸に当たってるんだけど。わざとでしょ？」

「はは、悪い、悪い。この感触が癖になっちゃって……ああ、ごめん、怒るなって！」

季節は夏まっさかり。

寄せては返すビーチの波音と楽しそうに戯れている水着姿の人々。

そんな中、ひときわ目立っている美男美女のカップルに、俺の視線は自然と吸い寄せられてしまっていた。

「ほら、せっかく海まできたんだし、早く泳ぎましょうよ。日差しが強くて、肌が火照ってきちゃったわ」

彼氏の腕を振りほどき、波が穏やかな青い海へ向かって駆けだしたのは、金髪碧眼の美女だ。

強い日差しを反射させるかのような、眩しいほどに白く透き通った肌。

歩みに合わせてバルンバルンと音が聞こえそうな勢いで揺れる胸元は、俺が両手を使っても片乳を掴み切れないだろうというほどの大きさだ。

巨乳では足りない、爆乳という表現は、彼女のデカ乳のためにあるのではないかと思うくらいの圧倒的なサイズ。

すれ違う男たちがそれぞれの恋人、妻を無視してつい視線を向けてしまう。

そのおかげで、機嫌を損ねたそれぞれのパートナーとのいざこざがあちらこちらで起き始めているのは、ご愛敬というものだろう。

（その点、俺はそんな心配はいらないんだよな。なにしろ、ボッチの荷物番だ）

どうだと言わんばかりに心の中で呟くと、その現実にいまさらながらなんとも言えないむなしさがこみ上げてきた。

「……はぁ、仕事の付き合いで仕方なく参加した慰安旅行だ。まあ、温泉に入ってビーチでビール片手に昼寝でもできれば上出来と思っていたけど……まさか、俺以外、全員カップルか夫婦で参加なんて聞いてなかったぞ」

三十路を過ぎても独身で嫁も恋人もいない俺は、どうやら気軽に呼び出せる運転手役としてお声がかかったらしい。

現地に着くなり、他の面々は自分の連れ合いと海や温泉へと消えてしまった。

「まあ、あまり構われても面倒だけど……それにしても完全に放置ってのは寂しいぜ」

ぼやきながら、またなんとなく先ほどの金髪の爆乳美女へ目線を向ける。

「うふふ、ちょっと、あんっ、お返しよっ」

「あ、冷たい！　紗良、顔にかけるのは反則だろ！　はははっ!!」

波打ち際で、水の掛け合いをしてはしゃいでいるふたりの姿は、いかにも青春という感じがして、見ているだけで口の中が甘酸っぱくなってくる。

「あんな可愛い恋人連れて海でひと夏の思いで作りか。くそぉ、いいな～、俺にはなかった青春だな～」

見ているとますます虚しくなりそうだけど、それでも視線を離せないくらい、紗良と呼ばれた金髪爆乳ちゃんは魅力的だ。

「あなたも水、かけてきてるじゃない！　海水で髪が濡れると痛んじゃうんだから」

はしゃぎながら波打つ水面に手を伸ばし、水をすくってかける。

その動きに合わせ、爆乳はもうど派手にポヨンポヨンと弾みまくっている。

水着のヒモがはじけ切れて、いまにもそのメートルオーバーは間違いないだろうサイズの爆乳がこぼれ落ちないか、心配になるほどだ。

(胸に負けずとお尻も桃みたいに可愛らしくて大きいよな。そのくせ、腰はしっかりくびれてるんだから……いや、見てるだけでチンポが疼いちゃうね、こりゃ)

三十路の煮えたぎった性欲を刺激して止まない美女の姿に、生唾さえ飲んでしまう。

「ふぅ、もう、少し休みましょうよ。喉渇いちゃったわ」

「そうだね。じゃあ、俺はちょっと海の家へ買い出しにいってくるよ」

　そうこうしている間にふたりはポタポタと水を滴らせながら、砂浜に上がってきた。
　買い出しにいった彼氏と離れ、紗良と呼ばれた爆乳ちゃんはこちらへ近づいてくる。
　どうやらすぐ傍のパラソルが、彼女たちのものらしい。
（おお、ラッキー！　傍でじっくり鑑賞できるじゃないか）
　思わずにやけつつ、すぐ近くまでやってきた彼女へ改めて視線を向ける。
　海水を弾くほど張りがある、ムッチリとしたふとももが実に艶めかしい。
　おへそから下腹部にかけてのラインもとても女性的だ。
（いや、やっぱり最高だな。ただ立って

るだけで男を勃起させる女なんて、そうはいないもんだ。はぁ、こんなエロい身体をしてるんだ。夜になれば、さっきの彼氏と宿でたっぷりと朝までお楽しみなんだろうな。いやいや、若いんだから夜まで待てずに、どこかそこらの物陰で昼間から盛ってても不思議じゃない……）

そんなよからぬ妄想をふくらませ、思わず頬を緩めてしまっていた刹那。

「……あの、なにか？」

あまりに露骨にガン見してたせいか、普通に気付かれた。

不機嫌をあらわにした爆乳美女の紗良は、俺を厳しい目で睨みつけてくる。

だが、おじさんは慌てない。伊達に歳は取ってないぜ。

「いや、失敬。あなたが可愛らしいものだから、つい目で追ってしまいましたよ」

こんな小粋なトークで場を和ませるなんて、ブラックな企業で営業リーマンとして日々方々に頭を下げまくっているおじさんには容易いことだ。

これで誤魔化せただろうと、安心していたのも束の間――。

「それセクハラしてたってことですよね。気持ち悪いのでやめてもらえますか」

紗良は相変わらずの冷たい目でこちらを糾弾してきた。

「き、気持ち悪いまで言わなくても……いや、ちょっと見ていただけじゃないか」

「それだけでも十分セクハラになりますから。私、男の人のそういう目線に敏感なんですよ。はぁ……あなたみたいな中年のおじさん、特に多いんですよね。失礼な人」

そりゃこれだけエロい身体をしていれば、男からジロジロ見られて当然だ。

それ故、セクハラに対して容赦がないらしい。

（でも……キリッとした顔つきと態度もまたいいな。こういう美人に叱られると、それだけでなんか興奮するよな。偉そうに振る舞っているところを押し倒して、男の力でわからせてやると、ますます面白いんだけど……）

そんな不埒な妄想をふくらませていたら、状況はさらに悪化してきた。

「ひっ……ちょ、ちょっと、おじさん、本当に最低ですね！　そこ……そんなふう……完全にセクハラですよ！」

「えっ……おっとっ、これは失礼」

急に顔を真っ赤にした紗良が指差してきた俺の股間は、水着の上からはっきりとわかるくらいに勃起してしまっていた。

なにしろ仕事が忙しくてずっと溜まりっぱなしなところ、こんな極上の爆乳を見せつけられたのだ。

そりゃ年甲斐もなくギンギンに勃起しても仕方がないところだ。

「最低！　こ、こんな公衆の面前でよくも……本当に本当に最低ですね、あなた！」

「いや、そこまで大げさに騒ぎ立てなくても……」

真っ赤な顔で腕を目線を落ち着きなく泳がせながら糾弾してくる紗良の姿に、俺はさすがにうろたえてしまう。

ただ水着越しに勃起を見ただけで、この慌て方は明らかにおかしい。

(彼氏とヤリまくってれば、チンポくらい見慣れてるだろうに。いやいや、この反応はどう見ても慣れてない感じ……まさか……処女?)

本人に知られたら、また怒鳴りつけられるだろう。

そんな失礼な想像をしてしまっていたとき。

「紗良、どうかしたのか?」

間が悪いことに、買い出しへ行っていた彼氏が戻ってきてしまったのだ。

「その……このおじさんが、いやらしい目で私を見て……それで、その……」

「は、なんだよ、それ! おじさん、どういうつもりだ、あんた。こんな場所で堂々と痴漢とかありえないぞ!」

少し安堵した様子の紗良に頼られた彼氏は、ここが格好つけどころとでも思ったのか、勢いよく俺へ食ってかかってきた。

「い、いや、痴漢なんて大げさな。ただちょっと目線を向けただけで……ほら、君も男ならわかるだろう?」

「あんたみたいな痴漢に限ってそういう誤魔化し方をするんだ! 男ならわかる? ふざ

けるな、俺は紗良をそんな邪な目で見たりしない！」

宥めようと冗談っぽく声をかけると、彼氏はムキになって反論してくる。

(見たりしないって……こんなエロい身体の恋人に、まったく手出しをしてないのか、こいつ。それはそれで異常だろ……不能か？)

思わずそんなことを考えてしまうが、さすがにこれ以上騒がれると面倒だ。

周囲が怪訝そうな目線を向けてきているし、いまは近くにいないが、うちの会社の人間にこの騒ぎがバレたら後々厄介なことになるだろう。

「と、とにかく申し訳ない。謝るから、どうかこのとおり！」

なんでこんな若造に頭を下げなければいけないのか。

言い知れぬ怒りが湧きあがってくるが、俺はそれを我慢して必死に許しを乞う。

「謝って済む問題じゃないだろう！　こいつ……」

「……もういいわ。早くいきましょう」

彼氏はまだ怒りが静まらない様子だが、幸いにも紗良のほうが怒りの矛先を収めてくれたらしい。

「……紗良がそういうなら……はぁ……一度、宿に戻ろうか」

「ええ。少し休みたいわ」

そう言って背を向けて立ち去っていくふたりを、俺は上目遣いで見送りつつ安堵のため息をこぼす。

(やれやれ、どうにか誤魔化せたけど……酷い目に遭ったな)

ちょっとエロい身体の美女を視姦して楽しんでいただけで、危うく社会人として終わりかねないところだった。

(それにしても……くくっ、俺は誤魔化されなかったぞ、紗良ちゃん)

俺は心の中でほくそ笑みつつ、遠ざかっていく紗良のムチ尻を眺める。

彼氏が俺に食ってかかってきている間、顔を真っ赤にした紗良は顔を背けながら——それでもその視線を、じっと俺の勃起した股間に向けてきていたのだ。

彼氏とはまだ一線を越えていない——それどころか、そのエロい身体をいまだ男に触れさせていないらしい紗良だが、どうやら興味はあるらしい。

(なにかチャンスがあれば……どうせ他にすることもない退屈な慰安旅行だ。ここはひとつ、狙ってみても面白い)

俺は疼きが鎮まらない股間を落ち着かせようと深呼吸しつつ、そんな野望を胸にふくらませるのだった——。

一章　処女貫通！ ハメ堕とされた金髪爆乳ＪＤ

ムラムラと怒りはなかなか鎮めがたいものがあるが、だからといって人生を捨ててまでことをなそうという無謀な真似はしたくない。

この旅行中にちょうどいいチャンスを掴むことができれば。

そんな淡い期待を胸に過ごしてきた、翌日のことだった。

「……あっ」

昨日同様、ひとり寂しく砂浜でぼんやりしていた俺の傍を、偶然にも紗良が通りかかってくれたのだ。

しかもどういうわけか、彼氏の姿が傍にない。

「おや、なにか？　今日はべつに君のことを見ていたつもりはないけど」

「それは……その……」

紗良は俺の問いかけに、少し気まずそうな顔で視線を背ける。

だがその直前、こちらの股間へ目が向けられたことを見逃しはしなかった。

（やっぱり興味津々という様子だな、これは）

無謀な計画かと思ったが、これは意外と勝算がありそうだ。

それなら、紗良にはもう少しここでお喋りに付き合ってもらわなければいけない。

「おや、今日はあの勇ましい彼氏くんは一緒じゃないのかな？」

「っ……あなたには関係がないでしょう。そういうことを聞くこと自体、セクハラになるんですけど」

「はは、失礼。俺のせいで仲違いでもしていたら申し訳ないと思ってね」

ムキになって噛みついてきた紗良へ、俺は苦笑で用意していた答えを返す。

「……どういうことですか？」

「いやいや、俺が昨日、君にたくましい『男』を見せつけてしまったからね」

そう言いつつ、俺は軽く腰を浮かせて自らの股間を誇示して見せた。

今日も変わらず、そのむっちりとエロい身体を水着に包み込んでいる紗良をひと目見ただけで、股間は勢いよく隆起してきている。

安物の水着を突き破らんばかりでそそり立つ怒張の盛り上がりを見ただけで、紗良は俺が驚くほど同様し始めた。

「なっ、ちょっとなんで……なにを考えているんです変態……っ！」

顔を真っ赤にしてうろたえ、それでいて顔を背けることもなくやはり興味深そうな目差しを俺の股間へ向けてきている。

可愛らしい反応の中、確かに『女』としても目覚めつつあるその姿が、俺をますます昂ぶらせてくれた。

「どうしました。俺の股間がなにか？」

「どうもこうも……っ、だからその……っ」

「あなたみたいな魅力的な女を見ていたら、男なら誰でもこうなるでしょう。君の彼氏はそうじゃなかったのかな？　せっかく旅行にきているのに、手を出そうとしない。そんな男らしくない彼氏にモヤモヤしたものを感じて、喧嘩をしてしまったとか……」

俺がそうかまをかけてみると、紗良は言いづらそうに押し黙ってしまった。

予想どおり、あの彼氏はこの魅力的な恋人と健全なお付き合いのままらしい。

（こんなにエロくて可愛らしい恋人を組み伏せようとしないなんて、男としてさすがにあり得ないな。やはり若いのに不能なのか？）

昨日、恋人の前で必死に格好つけようとしていた彼氏くんの勇ましい姿を思い出しながらも、俺はゆっくりと立ち上がった。

「興味があるなら、これもなにかの縁です。頼りない彼氏の代わりに、俺が君に教えてあげようじゃないか。男というものをね」

「はぁ？　あなたなにを……っ、あの、ちょっと……っ！」

後ずさりしようとする紗良の腕を掴み、周囲の様子をうかがう。

幸い、もう昼下がりの時間帯でビーチはさほど混雑はしていない。

いまなら、大声で騒ぎでもしない限りは見つからないだろう。

「あの、は、離してください！　私はあなたに興味なんて、その……」

「いやいや、俺の股間をずっと見ていたでしょう？　いまだけじゃない、昨日だってそうだ。人をセクハラ男呼ばわりしながら、君も同じ真似をしていたんだから始末が悪いなんていったもんじゃない」

逃れようとする紗良の肩を抱き寄せ、耳元で脅すように囁く。

「そ、それは……っ……」

「わかっていると思うけど、女から男へのセクハラも成立するんだよ？　まあ、俺は君のようにその程度のことで大げさに騒ぎ立てるような真似はしないけどね。興味がある子には、喜んで教えてあげるタイプなんだ」

俺は紗良の退路を断つように迫り、そのまま砂浜の端にある岩場の影まで彼女を追い込んでいった。

「んっ、ちょ、ちょっと待って。本当に離して！　私はあなたとこれ以上話すことなんてないわ。だから……」

「まあ、待ちなさいって。話すことはなくてもしたいことはあるんじゃないか？」

俺はいまさらながら逃げようとする紗良の身体を後ろから押さえると、水着の上下を手早くずらしてしまう。

「ひぃっ、待ってっ、や、やめてください！　水着……きゃああっ、こんなっ、なに考えてるんですかっ！」

　ブラを上へずらされて爆乳をぷるんとこぼれさせ、ショーツはずり下ろされてそのむっちりとした桃尻を丸出しにした紗良が、甲高い悲鳴をあげる。

　だが、この岩場から砂浜までは声が届くことはない。

　俺はそれを確認しつつ、あらわになった秘部を肩越しに覗き見て、そこが陽光を受けてキラキラと妖しく照っていることにすぐ気づいた。

「おやおや、しっかり濡れてるじゃないですか。勃起テント見ただけでこれなんて、かなりエッチなお嬢さんですね」

「ふざけないでっ、ちょっとっ、大声出しますよっ！」

　紗良は丸出しのお尻をくねらせて俺から離れようとするが、そうはさせじとしっかり腰を掴んでこちらへ引き寄せる。

「まあまあ、俺もお返しに見せてあげますから。君が昨日からチラチラと見たそうにしていた……ほら、これが本物の男のチンポだ。じっくり見ていいですよ」

　俺はそう説明しながら自分の水着を脱ぎ捨て、硬く反り返っている生身の肉棒を取り出してグッと腰を突き出してやった。

布地越しの勃起でも恥ずかしがっていた紗良だ。

案の定、目を丸くしてビクッと身をすくませる。

「ひっ、ウ、ウソっ、そ、そんなモノしまってくださいっ」

「遠慮しなくていいって。見たくないならこっちを向かなければいいだけなのに、わざわざ振り返っているくせに」

「そ、それは、だって、見ていないとあなたがなにをするかわからないし……だから、その……んっ……ウソ、こ、こんなに……大きい……」

言葉を詰まらせた紗良は、逃げることも忘れて凍りついたように固まってしまう。

まだ処女の女の子に、おじさんの浅黒い生チンポはちょっと刺激が強すぎたらしい。

「彼氏と比べてどうです。これでも現役バリバリの自信はあるんですけど」

「そんなの知りませんっ！　こんなこと……痴漢やセクハラどころの騒ぎじゃないんですよ⁉　あ、あなた頭おかしいんじゃないですかっ……ありえないっ」

「そのありえないことをされても、逃げずにされるがままになっているんだ。いまさら好奇心を隠そうとしても無駄、無駄」

俺は必死に強がる紗良を追い込むように、肉棒の先端を濡れた割れ目へあてがい、そのまま上下にゆっくりと動かし始めた。

にちゅるぅっ……くっちゅっ、ぐちゅぅっ、ぬちゅるぅっ……。

「ひぅううっ、ううっ！ ウソ、当たってる……ダメ、は、離してくださいっ！ ありえない、本当にありえないっ……んあぁっ、あぁ、熱い……硬くて、熱いの……こすれてぇ……はぁはぁ、あくぅっ、あああっ！」

波音に混ざり、紗良の甲高い嬌声が辺りに響き渡る。

俺が腰を軽く上下に揺さぶるたびに、熱く濡れた媚粘膜と亀頭がこすれ、卑猥な水音が鳴り響く。

「はは、なかなか反応がいいオマンコですね。ビクビクと、亀頭にしゃぶりつくみたいに小陰唇が蠢いて……おおっ、若いオマンコにこれだけ媚びられると、ますます我慢できなくなってくるな！」

予想以上に心地よい感触に、勃起の勢いも自然と増してくる。

「はぅっ、んんっ、あぁ、先っぽ、どんどんふくらんできてる……んくぅっ、はぁはぁ、こんな……あんぅっ、ああっ！」

紗良の声が甘ったるく媚びた色を帯びていくのに合わせて、薄桃色の肉裂がヒクヒクと物欲しげに震え始めた。

奥から止めどなく滲み出てくる愛液の量も増えてきて、それが強い日射しに照らされた足下の砂浜にポタポタと落ちていく。

すぐさま蒸発し、独特の淫臭を濃密に漂わせ、この場の淫靡な雰囲気をよりいっそう盛り上げてくれた。

「離れて、こんなのっ、ウソ……はぁ、はひぃっ、はぁはぁっ！」

「もう声に余裕がないようだ。やれやれ、初対面の男のチンポをこんなにも積極的に求めてくるメスが、よくもまあセクハラだ痴漢だと偉そうなことを言えたものだ」

「くぅっ、そんな……んぅっ、あなたが無理にしているだけ……ひぐぅっ！　あぁ、食い込んできて……ひぃっ、ひううううっ！」

生意気に言い返してくる声も、より熱く硬くふくらんできた亀頭をグッと割れ目へ食い込ませただけでうわずってしまう。

先っぽが舐めしゃぶられるような感触が俺にもムズムズとくすぐったいような快感を与

えてくれ、ちょっと我慢するのが難しい。

(我ながら大胆すぎると思うが、ここまできて止める選択肢はないな)

これだけの極上エロボディだ。逃がすのはもったいない。

「これだけおねだりされたらしょうがないな。どれ……じっくり、奥深くまで味わわせてあげるとしましょうか」

「……それ、どういう意味……んくぅっ、あぁ、ウソ、中に入って……ひいいっ！」

戸惑う紗良へそれ以上答えることもなく、俺はグイグイと乱暴に腰を押し出し、窮屈な肉壺へチンポをねじ込んでいった。

ずっちゅうううううううっ、ずぶりゅぅっ、ぬっちゅるうううっ！

「あぁぁっ、くうぅっ、そんなっ、イヤあぁあぁぁ……っ！」

特に狭まった部分を一気に貫くと、紗良が絶叫のような嬌声をあげ、赤黒い幹竿で丸く広げられた穴口から愛液と混ざって赤い鮮血が溢れ出てくる。

「おおっ、ラッキー！ まさか本当に初めてだったなんて……いや、驚きですよ」

これだけムッチリとエロい身体で、本当にあの彼氏にも純潔をくれてやっていなかったとは驚きだ。

この容姿と身体なら、男なんてよりどりみどりだろうに。

見た目とは裏腹に、かなり貞操観念の強い女性だったのかもしれない。

「ウソ、本当に入って……私、初めて……なのにっ、はぁはぁ、はひぃ……ううっ」

「ああ、入ってしまったよ。なにしろ行き止まりまで愛液でヌルヌルだ。これだけ濡れていれば、処女のキツ穴でもチンポをくわえ込めてしまうものなんですよ」

驚き、うろたえる紗良を煽るように、軽く腰を振って膣内へペニスを馴染ませるように短い振り幅で出し入れしていく。

にちゅるっ、くちゅるっ、ぬちゅぬちゅっ！

「ひぃ、ひぃ、動かさないでぇっ！　む、無理よっ、はち切れちゃうっ、入れないでっ、くううぅ、ぬ、抜いてぇ……っ！」

「お、お、そうは言うけど、この締めつけはなかなかいい具合だ……くううっ！」

初めてで強ばっているせいか、膣内はかなり窮屈に感じられる。

それでも愛液のおかげで、腰に力を入れれば張りついてくる膣壁を強くこすりながら出し入れを続けることができた。

「熱い……んふぅっ、あぁっ！　こすれ……これ……してる……セックス、私、こんな、知らない人に、いきなり……はぐぅっ、あああっ！」

「まあまあ、そんなに戸惑ってばかりいないで。それよりも、昨日からずっとチラチラ盗み見していたチンポのお味はいかがですか？　あなたのオマンコはかなり期待を持てる感触ですけどねぇ」

「はぁはぁ、くぅっふ、ふざけないでっ、もういい加減にしてっ、こ、こんな無理やりなんて……っ！　犯罪よ、こんな……許さないっ！」

俺がちょっと煽ってやると、紗良は振り返って怒りの目差しで睨みつけてきた。

処女穴を乱暴に貫かれて息絶え絶えになっているのに、まだこんなふうに強気な態度を保てるのは、なかなか気位が高い女のようだ。

（いや、そこがいいじゃないか！　そういう女のほうが興奮する。スタイルだけじゃなくて、性格も俺好みの女だ）

見た目もエロくて最高なのに、性格まで股間に響くときた。

肉棒がさらに硬く膨張して仕方がない。

「きゃっ、なんで……んぅっ、中で……ビクビクして……はぁはぁ、ひぅっ！」

「そりゃ初々しいキツキツ穴でチンポ締めつけられながら、そんな目で睨まれているんだからしょうがない。おおっ、この熱く蕩けたマンコの粘膜がまとわりついてくるのが……くううっ、たまらないな！」

俺は止めどなく溢れてくる愛液を隅々まで塗り伸ばしていくように、腰の振り幅を少しずつ大きくし、ピストンを長くしていく。

にちゅるううっ、ぐっぽぐっぽぉっ、ぬちゅるっ、ぐっぽぉっ！

「ああぁっ、ダメぇっ、こ、これ以上太くしないでぇ……っ！　はぁはぁ、お腹、いっぱいで……んぅっ、窮屈すぎるっ……くはぁ、はぁはぁ。こんな……こ、壊れたら……どうしてくれるの……っ！」

「はは、心配いらない。オマンコっていうのは、生まれつきちゃんとチンポを呑み込めるようにできているからね！　その年までチンポの味を知らなかったから、そんな常識もわからないのかな？」

「そんな常識、聞いたことないわっ！　はぅっ、くうう！　やめ……んんぅっ、こんなにつらいのにっ、押し込まないでぇっ、いい加減にしないと……っ！　ひ、人を呼ぶわ。お父さまに言いつけて……んぅっ、くはぁ、ああっ！」

「おいおい、さすがに親へ言いつけるなんて歳じゃないだろう？　まあ、大丈夫。つらいのは、まだチンポに馴染んでないからだよ。この調子で動いていれば、すぐ慣れる！」

甘い吐息混じりの抗議を軽く聞き流し、舌なめずりしながら股間に意識を集中する。

肉竿に絡みついてくる膣壁は細かいヒダが多く、表皮がくすぐられるような極上の快感を与えてくれていた。

(とてもさっきまで処女マンコだったとは思えないよな。これは間違いなく名器だ。身体がエロい女は、マンコの具合もいいものなのかね)

確かに不慣れな穴を、俺の精力旺盛な巨根で遠慮なくハメ倒してしまえば、壊れる可能性がないとは言えない。

（まあ、構わない。どうせヤリ捨て上等、ひと夏の経験だしな！）

人をいきなり痴漢扱いして人前で罵ってきた世間知らずのお嬢さまは、少し痛い思いをしたほうが身のためだろう。

遠慮なく自分の欲望本意で楽しませてもらうことにして――本気の抽送を始めた。

ずっちゅずっちゅぅっ、ぬちゅるっ、ぐちゅうっ、ずぼぼっ！

「あぁっ、あっ、あぁっ、くうぅっ、なんて乱暴なのっ、あひっ、ダメぇっ、あひっ、くぐぅっ！ 奥、当たって……はひっ、はぁはぁ、ひぃっ、ひぎぃっ！」

「いやいや、処女マンコとは思えない摩擦感……っ、おっ、おっ、カリ首回りがムズムズします……っ！」

細い腰をしっかり掴み、突き出されたムチ尻を打ち叩くような勢いで荒々しい抽送を繰り返していく。

ぴっちりと閉じていた膣壁は瞬く間にほぐれ、奥深くまで飲み込まれた肉棒の先端が子宮口を捉えるまで、あっという間だった。

「ひぃんっ、くはっ、あぁっ、ちょっとっ、ダ、ダメぇ……本当に壊れちゃうっ!! あひぃいっ、奥につ、そんなガンガン……っ！ んっくっ、ふぁああっ!!」

「ほらほら、チンポのつけ根までズッポリ入ってしまっている！ くぅ、いいぞっ、俺の言ったとおり、ちゃんと入ったじゃないか！」

「くぅぅ、やめてっ、初めてなのにっ、あひっ、ダメっ、あっ、あっ、ダメぇっ！」

　さすがに気丈に振る舞う余裕はもうないようだ。

　膣腔をかき回される衝撃に為す術もなく晒されている。

　おまけに荒々しくこすられている膣肉は大量の愛液で濡れ蕩け、急速に熱く火照り、痙攣も激しくなってきていた。

　明らかに苦しいだけではなく、それを塗り潰す快感を覚えている。

「マンコがもう茹だるように熱いじゃないですか。くうっ、初めてでこんなにもデカチンポに馴染んで媚びてくるなんて。まったく、いままで処女だったのが実に惜しい！」

「はぁはぁ、熱いなんて、そんなの……くぅっ、あぅうっ、こんな……気持ち悪いもので汚されて……さ、最低の気分……なのにっ、ひぃっ、ひぅぅうっ！」

「いやいや、最低の気分の割りには、声も段々エロくなってきていますよ？　身体も実に正直な反応を見せてくれていますしねぇ」

　愛液の分泌は確実に増えている。

　顔つきもどことなく紅潮しており、乳首もピンと硬く尖っていた。

　全身、初めて味わうセックスの悦楽に流されてきているのが一目瞭然だ。

「そんな、あ、ありえないわっ！　会ったばかりの知らないおじさん相手に、感じるわけないでしょ……っ！　こんな……はひっ、はぁはぁっ、くうううっ」

「それは一般論です。淫乱マゾ気質のお嬢さんなら、初めてでも気持ちよくなれてもおかしくないですよ。……うん、その可能性はあるな」

からかうつもりでふとそんな言葉を投げかけてみたが、案外、その予想は的を射ているかも知れないと思い直す。

(強引にこんなところへ連れてこられて、いきなりハメられて……これだけ気が強い性格なら、もう少し強く抵抗するよな？　ましてや処女だったんだし。……もし、本当にそういう気質だとしたら……面白いじゃないか！)

「ううぅ、くうぅ、わ、私がそうだっていうのっ、ふはっ、そんなわけないでしょっ、いい加減にしてっ！」

紗良は血相を変えて叫んだのを聞き、俺は悪戯っぽく口元を歪める。

「へぇ、だったらだったら試してみましょうか？」

そう告げるや否や、俺は抽送の勢いをさらに一段階早めていった。

ずっぷりゅうっ、ずっぽずっぽぉっ、ぬっぽおおおっ！

「あひっ、あっ、あぁんっ、や、やめてぇっ、あんっ、激しくしないでっ、あっ、あぁ、くううっ、そんなぁ、乱暴に……ひぎぃっ、はひいいいっ!!」

「う～ん？　なんだか、色っぽい声が混じってきてますよ？　さっきまで処女だったオマンコを、こんなに荒々しくかき混ぜられて、それで気持ちよくなっている？」

悶える紗良の耳元へ唇を寄せ、わざとらしく煽ってやる。

それだけで、恥じらうように膣腔がキュッと締まった。

「くうぅっ、適当なこといわないでっ、あんっ、あぁっ、私、そ、そんな声出していないわ……そうっ、出してないっ、あぁんっ！」

「でも、激しくチンポで突かれると、くぅ、オマンコが熱く痺れてくるのが自分でもわかるんじゃないですか」

俺が指摘したとおり、肉棒にまとわりついてくる粘膜が充血して火照っていた。

出入りする肉竿へ媚びるように艶めかしいうねりも見せてきて、肉体的には牝の反応を示しているのは明らかだ。

「あっ、あっ、ダメ、深いぃっ、あぁんっ、そんなありえないっ、あぁっ、ど、どうして……っ！　私、こんなことされて、声……はぅっ、くふぁああっ！」

「男と女はこういうモノですよ。うおっ、おおっ、特に俺とあなたは身体の相性がバッチリみたいです」

戸惑う紗良を追い込むように声をかけつつ、さらに抽送を力強くしていく。

ズンッと行き止まりを亀頭で打つたびに膣内が狂おしく締まり、乱暴に出入りを繰り返す怒張を必死に締めつけてくるのが心地よい。

「あひっ、あぁんっ、奥に響くぅ、あぁん、これダメぇっ、こ、これ以上ソコは突かないでぇ……っ！ ダメ、これ……はぁはぁ、くふぁっ、あああっ！」

「いや～、凄いですね。うっく、子宮で感じるなんて！ とてもさっきまで彼氏にすら許していなかった処女マンコだったとは思えない。欲求不満の淫乱オマンコじゃないか」

「酷いっ！ 淫乱なんてっ、あぁんっ、違うわっ、私はそんな女じゃない、ないはず……なのにぃっ、あっ、あひぃっ！」

「はぁ、はぁ、そうですね、ただの淫乱どころじゃありません。処女穴を乱暴に貫かれて感じまくる、ド淫乱の変態マゾ……それがあなたの本性だ！ ほら、その証拠に……こんなことをされてもマンコが喜ぶんじゃないですか？」

こうなったら遠慮なく、やりたいことをすべて試してやろう。

そう決めるや否やサッと腕を振りかぶり、小気味よく平手を臀部にたたき込む。

ばっちいいいいいいいいんっ！

「あぁぁんっ!? あひっ、やめてぇ、叩くなんてっ、い、痛いわっ、あぁぁっ！」

ビンタの衝撃でボリュームタップリの尻たぶが、ブルルンと弾んだ。

同時に膣腔も小刻みに痙攣して、肉棒を締めつけてくる。

「くうぅっ、素敵な反応ですっ、痛いだけですか？ ほらほら、もっと自分に正直になってくださいよ」

俺は強くなった締めつけに反応し、ペニスの芯をジンッと痺れさせた強い快感に声を震わせつつ、立て続けにスパンキングを繰り出していく。

　パンッ、パチンッ、バチィインッ！

「あっ、あひっ、痛いっ、ウソじゃないわっ、あぁん、お尻叩かないでぇ！　そんなに叩かれたら、腫れちゃう……はぁはぁ、あんっ、あぁっ‼」

「腫れるほど強く叩かれているのに、オマンコは嬉しそうにチンポを締めつけてきていますよ？　これはどういうことなんですかねぇ？」

「そ、それは痛くて力が入っちゃうからっ、あぁんっ、感じてるからじゃないわ、あっ、あんっ！　もう、やめ……はひっ、はぁ、くぅ、あああぁっ！」

　俺の問いかけに戸惑いながら答える紗良の喘ぎ声には、困惑と悦楽の色が混じり合っていた。

　湧きあがる未知の悦楽に翻弄され、わけもわからずにただ喘ぎ、悶え叫ぶことしかできなくなっているのだろう。

「まったくっ、人をセクハラおじさん扱いしていた女が、こんなド変態マゾだったなんて驚きだ。これは罰として……くぅっ、子宮にたっぷりお仕置きをくれてやらなければいけませんね。おおおっ、出すぞっ！　ケツを叩かれていやらしく締まっているマンコの中で思い切り射精してあげますからねっ。ありがたく、見知らぬおじさんのザー汁を子宮いっぱいに受け止めなさいっ！」

「ひぃっ⁉　だ、ダメよっ、赤ちゃんできちゃうっ、お願いっ、せめて外に、そ、外に出

してぇっ！　はひぃっ、はぁ、あああっ！」

　俺が膣内射精を宣言すると、さすがに紗良は顔色を変えて叫び始めた。

　大きなお尻をくねらせて逃れようとするが、いまさらそれを許すわけもないと、腰を掴んで力強く引き寄せて抽送を続ける。

「それは無理ですねぇ。はぁ、はぁ、尻を叩かれただけでいやらしく締まっているオマンコの具合が気持ちよすぎて……おおっ、出る、こんなのすぐ射精するっ！」

　ニヤッと笑いながら、ラストスパートをかける。

　ずっちゅっ、ずぶぶぶっ、ぬちゅるぅっ、ぐぽぐぽぉっ、ずぶぶううっ！

「あぁんっ、あぁっ、激しいっ、うあっ、奥にぃっ、響くっ、あっ、あっ、おかしくなる……なっちゃううぅっ！　どうして……私っ、はひぃっ、こんな……逃げないといけないのにっ、身体、痺れて……はへぇ、はぁはぁ、ひぅっ、ふぁああっ！」

「くうぅっ、どうですっ、チンポがヒクヒクしてるのわかります？　これイキそうになってるんですよっ」

　もう混乱しながら悶え喘ぐことしかできない紗良へそう告げている間に、睾丸が甘く痺れ、尿道に熱い粘塊が殺到してくる気配を感じる。

「ひぃっ、ウソっ、あぁんっ、抜いてっ、あひっ、出しちゃダメなのっ、あっ、あっ、ダメぇっ！」

いくら拒絶の言葉を叫んでも、膣肉はしっかりと絡みついてくる。

感度が増してきている竿肌が熱く蕩け切った膣粘膜に舐めあげられ、俺はそのまま絶頂へ昇り詰めていく。

「はぁ、はぁ、やっぱりあなたは淫乱マゾだっ、くぅ、限界ですっ！　せっかくだ、初めてのセックスで……子宮いっぱいにザー汁を受け止める喜びも教えてあげましょうかっ。おおおっ、出る、出すぞ！　子宮口広げて、しっかり受け止めなさいっ!!」

「あぁん、許してぇっ、あひっ、おうっ、おおぉっ、そんなっ、ヘンになるぅ、あっ、あひぃいいいっ、あぁっ！　くるっ、なにか、ヘンなのきてぇ……私っ、おおおっ、お腹、熱いのぉっ、くりゅうっ、きて……はひっ、ひぃいっ、イッ……ふぁあああ!?」

どぶりゅうううううううっ、びゅるうう、びゅぶるぅっ、びゅぼおおっ！

「んひぃいいぃっ、イクイクイクぅうぅっ、おおぉぉおっ、熱いの奥にぃ、ドピュドピュってきてりゅっ、おおおおっ、イィッ、んくぅぅっ、あぁっ！」

「くううっっ、凄いぞ、この締まり！　イキながらチンポをギュウギュウ圧迫してきて、必死にザーメンしぼり取ろうとしてくるっ……なんて処女マンコだ！　出るっ、全部吸い出されるっ、うおおおっ！」

予想の倍以上強烈な絶頂の締めつけと痙攣に、俺はペニス全体が爆発してしまうのではないかと思うほどの快感を味わいつつ、射精を続けていった。

竿が脈動し、勢いよく白濁が迸る。

それは自分でもかつて経験したことがない、凄まじい勢いの射精だった。

「ひぃ、ひぃいぃっ、ダメぇっ、ふはっ、妊娠しちゃうっ、あぁんっ、でもオマンコがっ、あぁぁっ！　熱いのっ、ひぐぅっ、あぁあぁあっ！」

「まだまだ、全部子宮で受け止めなさいっ！　くううっ、初対面のおじさんに処女穴ぶち抜かれた挙げ句にアヘイキするエロ娘には、最高のご褒美でしょうっ!!」

カクカクと腰をくねらせて喘ぎ叫ぶ紗良の胎内へ、そのまま吐精を続ける。

あの正義感が強そうな彼氏すら汚したことがない処女地を、俺のような冴えない中年男の子種が浸食しているという現実が、興奮をさらに後押ししてくれた。

目眩がするほど快感が強まり、肉棒の脈動がいつまでも止まらない。

「あぐぅ、んはぁっ、ウソよっ、あぁん、イッちゃうぅ、イキたくないのにっ、あぁぁ、イクイク、まだ、イッて、はぁはぁ、ひふぁあぁっ！」

「ははは、男を知らない処女マンコが牝に目覚めたようですねっ、ほら、もっと中出ししてあげますっ！」

激しすぎる絶頂に困惑すらしている紗良の身体を押さえつけ、竿の根元をヒクヒクと蠢き続ける膣口へこすりつけるようにして長い射精を続けていく。

「あぁっ、また熱いのがっ、いっぱいっ、あひっ、イヤぁっ、オマンコイクぅっ、イクイクイクぅうぅっ！」

波音に混ざって響き渡る、紗良の恍惚とした絶頂の悲鳴。

それが鎮まるまで、延々と俺は溜まりに溜まった白濁を注ぎ込んでいった。

「ふはっ、はぁ、はぁ、ううぅ、だ、ダメっていったのに中に出すなんてぇ……っ」

ようやく子宮を打つ熱液が止まった途端、紗良は息を荒く切らしながらも、責めるような目差しをこちらへ向けてきた。

「もしこれで妊娠してたら面白いですね。名前も知らないおじさんに孕まされたとしたらどんな気分です？」

「ふぅ、ふぅ、そんなの許さないに決まってるでしょ……っ！」

キッとにらみ返す彼女だけど、身体は小刻みな痙攣をまだ繰り返している。

いくら強がって見せても、絶頂の余韻で身体に力が入らない様子が可愛くてエロい。

もっともっと彼女の膣穴で遊ばせてもらいたいところだ。

だが、その前にまずは最初の一発目、その成果を確認してみよう。

「どれどれ、我ながら呆れるほどたっぷりと出したような感じはしましたけど、実際のところはどんなものでしょうね。見てみますか……っと！」

「ひっ、ま、待って……硬いのっ、はぁはぁ、抜けて……あぐうぅっ！」

まだ名残惜しげにまとわりついてくる膣肉を振り払うように、肉棒を抜いていく。

ゴボォッ……。

栓を失った膣口からは、すぐさまドロリと大量の白濁液が溢れ出てきた。

「んあ、あぁぁ、イヤぁ……た、垂れてきて……止まらない……んくううっ！」

「おおっ、我ながら出しすぎですね。はははっ！　こんなに子宮いっぱいに注がれたら、一発で妊娠していてもおかしくない」

「ううぅ、そ、そんな……冗談じゃないわ、こんな……はぁ、はぁ、くううっ」

脅かすように言うと、紗良は肩を震わせながら憎まれ口を叩く。

だが、もう逃げ出すことはもちろん、助けを呼ぶような気力も失っているらしい。

膝を小さく震わせ、崩れ落ちないように踏みとどまるのが精いっぱいのようだ。

「まあ、いまさら気にすることじゃありませんね。……どうせこれから、もっともっと中出しされるんですから」

白濁で染め上げられた淫裂を眺めつつ、俺は意味深にそう呟く。

これだけ極上の身体で、おまけに弄び（もてあそび）甲斐のある性格のメスを手に入れたのだ。

この一発で終わりにするなんて惜しい。

（それに、下手に騒がれたらこっちの人生が終了だからな。……刃向かう気力を、徹底的に奪ってやらないと）

「ふぅ、ふぅ……ちょ、ちょっと待って……っ、はぁ、はぁ、もしかしてまだ続けるつもりなの……っ！　そんな……男の人って、そんなに続けては……その……」

「おや、処女のお嬢さまでもそういう知識はあるんですね。まあ、大丈夫。俺はおじさんですけど、並の男とは違って精力旺盛なんでね。あなたみたいなド淫乱マゾのお嬢さん相手なら、ひと晩中でもお相手できますよ」

そう宣言しつつ、それでも……と周囲の様子を改めて伺う。

そろそろ日も傾いてきているし、ここで立ったまま長々と続けるというのもせわしなくて面倒だ。

「まだ歩けないでしょうし、その身体でまさか彼氏のところまで帰れないでしょう？　ついてきてもらいましょうか。……下手に騒ぐと、あなたがこんな場所でむざむざ汚されてしまったということを、みんなに知られてしまいますね。さすがにそれは、少々まずいのではないですか？」

「そ、それは……んくっ、はぁはぁ、さ、最低……はぅ……」

一応、脅しもかけておくと、紗良はもう抵抗する気力も完全に失ってしまったらしく、うなだれるだけだった。

「さあ、それじゃあいきましょうか。なに、大丈夫。落ち着ける場所でゆっくり、じっくり……いま以上の快感を教えてあげますよ。……ド淫乱マゾのあなたに相応しい、最高の快感を」

俺はまだ絶頂の余韻に少し意識朦朧としている紗良の耳元で囁きつつ、ぐったりとした彼女の身体を抱き寄せ、宿への道のりを急いだ――。

人目を避けるように宿の自室まで戻ると、すぐさま布団を敷き、その上にいまだぐったりとしたままの紗良を転がした。

「はぁ、んぅっ……ほ、本当にこんなところまで強引に連れてくるなんて、んく、誘拐と同じじゃないの……っ！」

「なら、いまからでも逃げますか？　追いかけはしませんよ。その代わり……あなたとのひと夏の思い出を、ちょっと自慢げに、いろいろな人へ喋ってしまうかも知れませんけどねえ。ははははっ！」

「くうぅ……っ」

紗良は悔しげにこちらを睨みつけるが、まだ身体に上手く力が入らないらしく、それ以上の抵抗は見せない。

いくら気丈に振る舞っていても、この状態ならまな板の鯉だ。

(なにしろ、剥ぎ取られた水着を取り戻すことも……身体を隠すことすらもできないでいるんだからな)

部屋に入るなり、砂や汗、そして互いの体液で汚れた水着は脱がせて、一糸纏わぬ姿にしてしまっている。

布団の上に仰向けに転がっている紗良は、さっき処女を奪われたばかりの蜜裂も、ご自慢の爆乳も丸出しの状態だ。

だが、それを手で隠す余裕すらないようだ。

（しかし、それにしても……それにしてもだ。凄い身体をしている……これで、まだＪＤだというんだから驚きだ）

ここへ運んでくるまでの間、営業として鍛えあげたトークスキルをフル活用し、最低限のコミュニケーションを取ることはできた。

そのとき、彼女がまだ現役のＪＤだという事実を聞き出せたのだ。

（若いとは思っていたけど……いや、この爆乳、ムチ尻……とてもＪＤとは思えないぞ。でも、肌の張りはさすがだ……うーん……）

こうして眺めていると、それだけでいくらでもチンポが勃起してしまう。

「そ、そんなにジロジロ見ないで。本当にセクハラばっかり……」

「いまさらそれを気にしますか？　もう見られる以上のことをされてしまった、あなたにとって思い出深い、初めての相手ですよ、俺は？」

「あうっ……い、言わないで！　ウソ……あんなのウソ……んっ……」

意地悪に問いかけると、紗良は機嫌を損ねたように視線を逸らしてしまう。

だが、身体が先ほど、砂浜で純潔を奪われたときの喜びを忘れられていないらしく、丸見えになっている割れ目が早くも期待を訴えるようにヒクヒク蠢き始めていた。

おまけに愛液も滴り溢れてきて、もうお尻の穴のほうにまで垂れてきている。

「はははっ、いくら嫌そうに表情を取り繕っても、身体が本音を隠せてませんよ」

「と、取り繕ってなんかいないわ！　本当に最低の気分よ。こ、これからなにをされるかわからないのに……」

「またまた〜、わかってるくせに。あなたはこれから、俺の気が済むまで犯され続けるだけですよ。ああ、もちろん、あなたを酷く傷つけるような真似はしない。ただ、俺以上に何度も何度も、徹底的にイカせまくるだけです」

口先で必死に強がる紗良へ、俺は改めてそう宣言してやる。

「ううぅ、そ、そんなのなおさら嫌に決まってるじゃないっ、これ以上乱暴されるなんて冗談じゃ……っ……それに、イッ……イカせる……なんて、ありえない！　あなたなんかに無理矢理されて……気持ちよくなるなんて……そんなこと、もう……」

「本当にそう思っていますか？　くくっ、ウソはいけませんねぇ」

推理小説なんかだと、探偵が犯人のウソを暴き立てる瞬間ってワクワクする。

俺はそれと同じような興奮を噛みしめつつ、紗良の強がりの仮面を暴いてやろうと、このドマゾなＪＤにお似合いの、少々荒っぽいやり方で責めて見ることにした。

「あなたが、俺が呆れるほど淫乱のドマゾ、どうしようもない変態だということは、さっきの一回だけでよくわかりました。だから……ほら、こんなことをされても、きっと気持ちよく喘いでしまうんじゃないですか？」

そう告げるや否や、俺は彼女のスイカみたいに大きな右の爆乳を、足で軽く踏みつぶしてやった。

「あぁんっ、やめてぇっ、ひ、酷いことは……っ、あひぃっ、ああ！」

「おお、おっぱいをこんなふうに責めるのは初めてだけど……これはなかなか、癖になる感触ですね」

軽く力を入れ、足裏でこねるように巨乳を踏みにじる。

伝わってくる独特の弾力は心地よく、早くもツンと勃起してしまっている乳首が足裏にこすれてこそばゆいのが、ちょうどいいアクセントになっていた。

「ふあっ、はぁ、あぁんっ、おっぱい潰れちゃうぅ、あっ、あぁっ、ダメぇ……っ！」

丸々と形よい乳房がグニャリとひしゃげるほど踏まれているというのに、抗議してくる紗良の声が甘ったるくうわずってしまっている。

こういう反応が返ってくるだろうとは想像していたが、それにしてもつい先ほどまで処女だったとは思えない感度のよさだ。

「あからさまに気持ちよさそうな声が漏れてますね。手荒な扱いに興奮しているのがバレバレですよ」

「はぁ、あんっ、興奮なんて……っ、んんぅ、私はそんな変態なんかじゃ……っ」

「あははっ、いまさら否定しても無駄です、無駄！　初体験で見知らぬおじさんに中出しされてイッてしまうお嬢さんなんですよ？　変態じゃないわけがありません」

言い逃れしようがない事実を突きつけつつ、目を見張るほど大きな爆乳を足ふきマットのように踏みにじり、感触をじっくり楽しむ。

「あっ、んんぅ、そ、それはなにかの間違いで……っ、あんっ、もう二度とイッたりなんかは……っ！　はぅっ、あぁ、もう踏むのやめて……んぅっ、ヘン……おっぱい、ヘンな感じなのっ、はぁはぁ、苦しいのにっ、それが……んぅっ、あぁっ、はぁはぁ、ひぅっ、あひぃいいっ、イィッ、くううっ」

扇情的な吐息を漏らしながら、それでもまだ気丈に自身の正常性を訴えていた。

俺にしてみれば言質を取った気分だ。自然に口元がニヤついてしまう。

「では、また中出しでイクようなことがあれば、自分がとんでもない変態だと認めるんですね？」

「ふぅ、んく、それは……バカなこと聞かないでっ、認めるはずないでしょ……っ！　絶対にイカない……あんなことされて、イクわけが……くっ、はぁはぁっ」

「いや〜、ツンツンしているのが可愛いですね。俺としても犯し甲斐がありますっ」

彼女が屈服する瞬間を想像するだけで、そそり勃っている肉棒の先端から我慢汁がしたたり落ちた。

俺は嬉々として、目の前の金髪巨乳お嬢さんへ襲いかかっていく。

「あぁあぁっ、くひぃっ、だ、ダメよぉっ、あぁっ、あぁっ、おちんちん、まら入れられるぅっ、入れちゃや……あひぃいいっ！」

ずっぷりゅううっ、ぬちゅるぅっ、ぐっぽっ、ずぼぼおおおおっ！

「ひふぁああ！　はぁはぁ、おっ、奥まで、またズブズブきて……んひぃいいっ、ダメぇ……抜いてぇっ、あひっ、あぁんっ！」

部屋に響く甘ったるい声を聞きながら、言葉と裏腹に挿入を待ちわびるように濡れ蕩けていた肉壺へペニスを突き入れていく。

根元まで埋めた瞬間、行き止まりの子宮口がスイッチになっていたかのように全体が収縮し、早くも射精をねだられるかのごとく強烈に締めつけられた。

「くうぅっ、これはかなり敏感になってますねっ、おおぉっ、いいですよっ、とっても気持ちがいいっ」

発情しているのが一発でわかる熱を、膣粘膜全体が帯びている。精液の味を知って牝に目覚めた秘窟は、はしゃぐように肉棒に媚びついてきて次なる子種をねだってくる。

「あぁっ、くうぅっ、こんなのって……っ、あひっ、くうぅっ、大きすぎて壊れそうっ、あんっ、あぁっ！」

「でもそれがたまらないでしょう？　硬い勃起チンポでガンガン奥を突かれるのがお気に入りみたいですし」

「ひぃ、ひぃっ、違うっ、違うわっ、あはぁっ、こ、こんなのつらいだけで、くはっ、もう抜いて……違うっ、違うの！　声、出したくないのにぃっ、あぁっ！」

どれだけ拒絶の言葉を口にしても、身もふたもない締めつけが牝の本音を示している。

懸命に誤魔化そうとしているが、きっと子宮では熱く痺れるような快感を味わっていることだろう。

「おおぉっ！　早くも子宮が下りてきたようですっ、コリコリした子宮口がハッキリ感じられますね」

肉壺の奥行きが挿入直後に比べ、明らかに短くなっている。

それを確かめるように短い振り幅のピストンで、奥にあるズッシリと重い子袋を息つく間もなく突きあげていく。

ずっちゅずっちゅぅっ、ぬちゅるぅっ、ぐちゅううっ！

「あぁっ、あんっ、し、子宮が下りる？　あっ、あっ、わけわからないこと言わないでよ……ひっ、くううっ！　そこっ、奥ばっかり、コンコン……突かれたらぁっ、はぁ、あうううううっ！」

「ふぅ、うっく、孕みたがっている牝の身体は子種をおねだりするため進んでチンポを出迎えてくれるんです」

「あっ、あぁっ、ウソよっ、いいかげんなことをっ、あひっ、だ、誰が犯されてるのに孕みたがるなんてっ！」

俺が事実を指摘してやるたびに、紗良はキャンキャンと吠える子犬のように反発してくる。その姿が、ますますオスを刺激するとはまったく理解できていないのだろう。

(可愛いもんだ。まったく、こんな極上のメスを、こうして思う存分ハメ倒せるなんて。たまには気が進まない慰安旅行にも付き合うもんだ！)

こうして必死に抵抗を続けるメスが、やがて自ら子種をねだってくるようになるのかと思うと、肉棒がたぎって仕方がない。

「何発目の中出しであなたが素直になるのか、ふぅ、くぅっ、とても楽しみですよっ」

「な、中出しはダメぇっ、あひっ、妊娠なんてしたくないっ、あんっ、あぁっ！　もう中出し、ダメ、ダメなのにぃっ、ひっ、身体っ、動かない……どうしてぇっ⁉」

「本心では、俺の中出しの気持ちよさにすっかりハマってしまっているからでしょう。この締めつけは、露骨におねだりしてる淫乱マンコですっ、うおっ、くうぅっ！」

遠慮なく腰を打ち付けているため、射精欲はうなぎ登りだった。

そしていまの俺には、それを我慢しなければいけない理由などない。

「はぁ、はぁ、そろそろ景気づけに一発ぶちまけるとしましょうっ、さあ、覚悟をきめてくださいっ！」

「ひぃっ、あぁんっ、激しくしないでっ、あひっ、ダメよっ、ダメぇっ、あっ、あっ、あぁっ！」

もちろん、悲痛な懇願は聞き入れない。

これは、ほんのちょっと前まで処女だった学生さんを肉棒だけで手懐けていく牝堕としのゲームだ。

「ほら、待ち望んだ中出し射精だ！　あなたの男を挑発するエロ乳でグツグツ煮詰まった思い切り濃いザー汁、子宮いっぱいに受け止めなさいっ！　出すぞっ、紗良！　おおっ、出るっ、出るっ‼」

「やめっ、ひぃっ、あひいいいいっ！　中で、おちんちんっ、ビクビクして……はうっ、くりゅうっ、また、きちゃぁ……あぅっ、いっ、んぅひいいいい!?」

どっぷりゅううっ、びゅるぅっ、びゅくぅっ、どびゅびゅびゅびゅっ！

「はぐぅっ、くううう！　出てるぅっ、あぁ、熱くてドロドロしてるのっ、またお腹いっぱいにくりゅうっ、はひぃっ、イイイイッ！」

肉棒を膣奥まで押し込み、そのまま子宮へ容赦なく濃厚な迸りを叩き込む。

一切の遠慮ない吐精を受け止めた紗良は、我慢することもできず、あっさりと狂おしい絶頂に達してしまった。

膣壁は竿を舐めしゃぶるように大きく波打ち、一滴も残さず子宮で飲み干そうと言わんばかりの貪欲さを見せている。

「ははっ、二度目の中出しで、もうすっかりハマってしまいましたか？　まったく、彼氏ではなくよそのセクハラおじさん相手に浅ましいオマンコだ」

「ち、違うわ。こんなっ、違う、違うのっ！　私はこんな……んひぅっ、あぁっ、どうして……また、動いてっ、ひぐぅっ、あああっ！」

ずちゅううっ、ぬっぽおぉっ、ぐっぽぐっぽぉっ！

俺は紗良に言い訳をする暇も与えず、射精が完全に終わる前に抽送を再開していた。

出し続けている白濁を怒張でさらに奥へ押し込むように突き、卑猥すぎる水音を部屋中

に響き渡らせる。

「言ったでしょう、中出しでイク変態だと認めさせせると！　あなたみたいに極上のメス相手なら、ひと晩中でも相手できると言ったのもウソじゃない。それをしっかり証明するから、ちゃんと最後まで付き合ってもらいましょうかっ！」

「ウソっ、そんな、嫌……ひぃっ、あひいいいいいっ！」


——そして、ひっきりなしに彼女の嬌声が室内に響き続けること数時間。

「あっ、あぁううううっ⁉　も、もう許してぇっ、あぁんっ、無理よっ、おかしくなってしまうわ、こんなぁ……ひふぁあっ、あっ、あぁっ！」

「はぁっ、はぁっ、まだまだ音をあげるのは早いですっ、くぅっ、肉便器ならこんなの序の口ですよっ」

すでに何度か膣奥に精を放ち、そのたびに彼女は牝の咆吼をあげながら大きな絶頂に達していた。

窓の外はすっかり暗くなっており、膣内は精液で溢れかえっている。

さすがに気丈なお嬢さんといえども、もはや強がるだけの余裕は失っていた。

「あひっ、あぁんっ、こ、壊れちゃうぅ、感覚がおかしくなってるのっ、もう抜いてっ、あんっ、あぁっ！」

「はぁ、はぁ、具合はよくなる一方ですよ？　くうぅ、いまだってまだまだ犯してほしいと締め付けてきますっ」

「あっ、あっ、もうダメなのっ、こ、これ以上はホントに頭がおかしくなっちゃうっ、あひっ、あぁんっ！」

「いいんですよ、おかしくなっても。それこそ、本当のあなたですっ、くぅっ、淫乱マゾの肉便器ですねっ」

これまでの人生で経験したことがない牝の悦びによって、彼女は半狂乱だ。

全身のあらゆる場所をを艶めかしく痙攣させ、終わりのない絶頂感に喘ぎ続けている。

俺にしても嬉しい想定外だ。

なにしろ昔から精力絶倫すぎて、俺が本気を出せば大抵の女は途中で泡を吹いて失神してしまう。

こうして最後まで付き合ってくれそうな女……否、メスと出会えた幸運に、腹の底から歓喜が湧きあがってくる。

「ちょっとしたお遊びのつもりでしたけど、はぁ、くぅっ、本気であなたを自分のモノにしたくなりましたっ」

「モノだなんてっ、あひっ、私にはちゃんとお付き合いしている彼が……っ！」

「じゃあ、どちらがよりあなたにふさわしい男なのか、選ばせてあげましょうっ」

ひと夏の遊びではなく、本気でこのメスを俺専用の穴として手に入れたくなった。

　その決意を胸に、俺は突きあげに合わせて派手に揺れ続けている大きな乳房めがけ、手型を刻み込む勢いでスナップを利かせた平手を打ち込む。

　バッチイイイイイイイイイインッ！

「あひっ、痛いっ、ダメぇっ、あぁんっ、そ、そんなに叩かれたらっ、あひっ、はぁはぁ……んっくぅっ、ひふぁあああああ！」

「はははっ、気持ちよくてたまらないんですよねっ、わかりますっ、くうぅっ、す、吸いつきますねぇっ」

　精液が染み渡った膣内粘膜は、打ち叩かれて揺れ動く乳房に合わせ、まるで軟体生物じみた蠕動を繰り返しながら肉棒に絡みついてくる。

　まさにミミズ千匹に例えられるような逸品と化していた。

「あっ、あぁっ、許してぇっ！　もうイキたくないのぉっ、おかしくなるっ、私じゃなくなっちゃうぅっ！」

「おおぉっ、ますます強烈に締めつけますねっ、ふぅ、ふぅ、そんなに中出しが待ちきれませんかっ」

「あぁんっ、違うのぉっ、あひっ、そんなつもりじゃないのにっ、あっ、あっ、身体が勝手にぃっ！」

「もっと素直になりましょうっ、俺相手に見栄を張る必要はありませんっ、くぅっ、おぉおぉっ！」

　射精に向けて、また抽送の勢いをあげていく。

　彼女の身体もすっかり慣れたもので、露骨に子宮が下りてきて、積極的に孕もうとしていた。

「あひっ、だ、出さないでぇっ、もう耐えられないっ、あひっ、も、もう限界なのっ、許してぇっ！」

「ふぅふぅ、気持ちよくてたまらないのに、そんな嫌がることもないでしょうっ」

「あぁっ、気持ちよすぎるからっ、こんなの普通じゃないっ、あぁんっ、虐められて感じるなんてぇっ！」

「いいえ、淫乱マゾには、これこそ普通なんですよっ、くぅ、さあまた中出しアクメさせてあげますっ！」

　この素晴らしいメスを相手にしていると、出しても出してもすぐ睾丸いっぱいに精液が溜まってしまう。

　俺は誘うように揺れ続ける爆乳へ何度も平手を打ち下ろしつつ、こみ上げてくる射精衝動に身を委ねていった。

「おおぉっ、くうぅっ、出しますっ！　また孕ませるつもりで、子宮いっぱいにザー汁をぶちまけますからねっ！　遠慮なくイキまくってくださいっ‼」

「ひぃっ、許してぇっ、あんっ、あぁっ、奥に硬いのがっ、痺れるっ、おぉ、おかしくなるぅっ！　イヤぁっ、イキたくないっ、あひっ、あぁんっ、も、もう私っ、無理ぃっ、堕ちちゃうぅうぅっ‼　イイッ、イッくううぅっ！」

　どっぷうううううっ、びゅっぶうううっ、びゅるるるるんっ、びゅううう！

「んはあああああっ、おぉっ⁉　きぃっ、きてりゅうっ、子宮っ、いぃ、いっぱいにまたいっぱい出てるぅっ！　あぁっ、あひっ、気持ちいいのぉおぉっ！」

「おぉおぉっ、いいですねぇっ、くはっ、こってり特濃がそんなに美味いですかっ」

　耐えられず素直に喜びを叫んでしまった紗良を見下ろしつつ、俺はペニスを膣内で力強く脈動させ、もう何度目かも忘れてしまった吐精を続けていく。

「いいぃっ、凄いのぉっ、ダメなのにぃっ、イクぅうっ!!　あぁんっ、子宮が熱くて、蕩けるぅうっ♥」

紗良は立て続けに与えられた絶頂感でとうとう理性が吹き飛んでしまったのか、メスの本音を垂れ流していた。

肉棒をしごくような蠕動も激しく、射精の勢いも増すばかりだ。

「あぁっ、あぁっ、イクの止まらないぃっ、イキっぱなしで脳みそ痺れるっ、頭灼きついちゃうぅっ!」

「でもそれがいいんでしょう?　くはっ、さあマゾ牝の自覚を持ちましょうねっ!」

「ひぃんっ、あはぁっ、ドピュって気持ちいいっ、イクっ、オマンコいいっ、オマンコぉおぉおっ!」

ガクガクと全身を痙攣させながら、絶頂の快感の波に呑み込まれていた。

肉棒の射精とリンクしているとしか思えない浅ましい嬌声は、中出しした牡への屈服を確信させる。

「くはっ、んひぃ、ふはぁっ、し、死んじゃうぅ……全部真っ白になってわけわからなくなってた……っ!」

「ふぅ、ふぅ、イケばイクほど感度が上がっていくなんて、あなたには肉便器こそが天職ですねっ」

「はぁ、あはぁ……はぁはぁ、はひぃ……ほぉ、本当にもう許してぇ、これ以上されたら戻れなくなっちゃうぅ……っ！」

「なにをいってるんです。まだまだヤリ倒すに決まってるじゃないですか」

「んひぃ、そ、そんなぁ……っ♥」

絶句する彼女だが、その仕草や声の端々に隠しきれない淫蕩な悦びが滲み出ていた。

それを裏付けるかのように、俺が腰振りを再開すると膣肉がすぐさま嬉しそうに締めつけ返してくる。

「あひっ、あぁんっ、またそんな激しくっ、あっ、あぁんっ、死ぬぅっ、頭壊れちゃううぅっ！　はへぇっ、はぁ、はぁ、くぅっ、あふぁあああ！」

そして俺が動き続けている間、オスの獣性を刺激する甘ったるく蕩け切った喘ぎ声は少しも途切れることはなかった——。


この最高のメスを俺のモノにしてみせる。

その決意を胸に無我夢中で動き続けていると、夜が更けるどころかいつの間にか朝日が差し込む時間になってしまっていた。

「あへぇ……はぁはぁ、しゅごぉ……お腹ぁ……あちゅぅ……いっぱいぃっ、あちゅいのでぇ……いっぱいぃ……はへぇ、イイ……あはぁ……♥」

「はぁはぁ……いやはや……さすがに出し尽くした感があるな」

呼吸を整えつつ、結合部を覗き込む。

自分でも彼女の中に何十発くらい精を放ったのか覚えていない。

ゴボゴボと音が聞こえそうな勢いで溢れ出てくる精液の残滓で、もう割れ目全体が白く染まってしまっている。

だがその甲斐あって、気丈だった金髪お嬢さんは俺の肉棒の前に完全屈服していた。

「んはぁ、み、認めましゅぅ、私はぁ、カリ高勃起チンポなしでは生きていけにゃいマゾマンコぉ……っ♥　処女マンコぉ、中出しでわかられるまで気づけなかったお詫びに、永久肉便器になりましゅぅ……っ！」

紗良は俺をセクハラおじさん扱いしていたときからは想像もつかない媚びた口調で、誓いの言葉を口にする。

まだ絶頂の余韻が抜けていないのか、内股がたまにヒクヒクと痙攣するのがまたエロくて素晴らしい。

「はは、まあ自分から素直に過ちを認めてそう誓うなら、一生俺の専用便器として飼ってあげてもいいですが……すっかりヘロヘロになってしまいましたね。ほら、もう少しシャキッとしたらどうです！」

俺はそう呆れ顔で言いつつ、もう至るところに手形が刻み込まれてしまっているデカ尻

を軽く打ち叩いた。

「あぁんっ！　くぅ、お、お尻ペンペンありがとうございしゅう、も、もっろ叩いてくだしゃぁい！」

「嫌がるどころかおねだりなんて、たったひと晩で女は変わるもんですね。あなたもそう思うでしょう？」

「あふぅ、はぁい、すべてはあなたのおかげでしゅぅ♥　私はぁ、さ、紗良はおじさまのモノれふからぁっ！」

媚びるように、高く掲げた腰をくねらせ、さらなる射精を求めてくる。

一緒に旅行へきている彼氏のことなんて、もう頭から消え去っているだろう。

（まあ身体も許していない、おままごとのような恋人なんてその程度の価値か。それにしても……面白いことになったものだ）

ひとりあぶれてつまらないと思っていた慰安旅行だったけど、どうやら楽しいことになりそうだ。

俺は蕩け顔で堕ちきった金髪爆乳ＪＤ、紗良を見下ろしつつ、この旅行中、彼女とどんなふうに楽しもうかと欲望を燃え上がらせるのだった——。

気だるい身体を洗い清めたあと、俺はいったん紗良を部屋に帰した。

なにしろ彼氏と一緒にきているのだ。

ずっと姿を消していて、『誘拐、失踪』などと通報されたりしたら、いろいろと面倒なことになってしまう。

（それに、俺もこうして準備をする時間が必要だったからな）

軽く仮眠を取ったあと。

俺は自分の同行者たちに、『こちらで偶然出会った友人と行動をともにする』と自由に動けるように言伝したあと、観光地ならではの夜のお店が集まっている風俗街に足を運んだ。

（よしよし、あったぞ……いまどき都会じゃお目にかかれない、露骨に怪しい見た目のアダルトショップ。こういうところのほうが、なかなか面白いものを扱っていたりするんだよなぁ）

俺の絶倫にしっかり付いてこれる、最高にエロい身体のＪＤと、思う存分たっぷりと楽しめるのだ。

ただハメて遊ぶだけなんて面白みに欠ける。

この旅行の最中、普通のセックスでは満足できない、その男に――否、『俺』に抱かれるためだけに産まれてきたような、チンポを刺激して止まない身体に相応しい、ド変態のマゾメスオナホに仕上げてやろうじゃないか。


こうしてじっくり品々を吟味して買い物を終えると、ちょうど紗良との待ち合わせ時間になっていた。

一度部屋へ戻り、必要な品だけを持って向かった先は、ビーチの外れにある岩場。

昨日、お嬢さんを初めて犯してやった記念の場所だ。

「ここは人目がほぼないし、悪いことをするには持ってこいですよね。それに……ここへきただけで、昨日のことを思い出して身体が疼いてしまったんじゃないですか？」

「は、はい♥　今朝までたくさんおじさまに犯していただいていたのにぃ……んぅ、ここ……昨日、おじさまにたくましく処女を奪ってもらった場所にきただけで、オマンコがおじさまのオチンポに貫かれているときみたいに、疼いてきていますぅ……♥」

俺の問いかけにうっとりと目を細めて答えるのは、ひと晩を経てすっかり柔順になってしまった紗良だ。

ちょっとチラチラ見ていただけの俺を、『セクハラ痴漢魔』扱いしていた強気で小生意気なＪＤの面影など、もうない。

俺に媚びて尽くすことだけで頭がいっぱいの、立派なマゾメスオナホに成り下がったエロＪＤの姿がそこにあった。

「いじらしくてとても可愛い反応だ。やっぱり、女の子は素直なのが一番ですね。ほら、これは……素直に言えたご褒美ですよっ！」

俺は舌なめずりしながら声をかけつつ、まず挨拶代わりに水着に包み込まれた爆乳へ遠慮なく平手を振り下ろす。

バッチイイイイインッ！

「はぁ、はひいいいいっ！　あぁ、きょ、今日もぉ、私、呼んでいただいてありがとうございますぅ♥　はぅっ、おっぱい、ジンジンして……はへぇぇっ♥」

その大きさを包み隠すには物足りないサイズの布地から、いまにもこぼれ落ちてしまいそうなくらいバルンバルンと揺れる爆乳。

その動きに合わせて紗良は蕩け顔で甘ったるい声をあげ、落ち着きなくもじもじと内股をこすり合わせ始めた。

ふと見ると、ふとももを伝って透明の液体が滴り流れている。

どうやら、今日も俺に抱いてもらえるという期待、そしていまの容赦ない平手一発で、この真性マゾのＪＤの秘窟は早くもお漏らししたように濡れてしまっているらしい。

辱めれば辱めるほど悦ぶ被虐体質なのはもはや周知の事実だ。

さっそく、アレコレからかってやるとしよう。

「まったく、昨日まで処女だった、とある大企業の令嬢さまが、ひと皮剥いたら年上のおじさんにエロ媚びするド変態マゾだったなんて……あなたを大事に可愛がっていたご両親も呆れるでしょうね」

「んぅっ、あぁ、そんなぁ……い、言わないでください、それはぁ……♥」

ちょっとからかってやると、紗良はすぐ恥ずかしげに頬を染め、それでも媚びることは止めずに腰をくねらせ続ける。

今朝、あれこれと聞き出しているときに知ったことだが、彼女は俺でも名前を知っているとある大企業の社長のひとり娘だったのだ。

まだ抵抗していたとき、『親に言いつけて』とかなんとか言っていたが、本当にそうされていたらどうなったことか。

いまさらながら、ちょっと背すじに悪寒が走ってしまう。

(まあ、こうして柔順なオナホメスになったのだから、もう怯える心配もないが)

上流階級中の上流階級の令嬢を、こうして自分だけのオナホにできた。

若く美しいエリート卵子を、冴えない中年親父である俺が汚し放題遊べるというのは、それだけでいくらでも勃起できそうなくらい魅力的な状況だ。

「さて、そんなお嬢さんにもうひとつ確認しておきたいですが……彼氏のほうは、上手く誤魔化せましたか？　昨夜ひと晩、恋人である彼氏よりも先に、よその中年男に処女を奪われた挙げ句に肉便器に成り下がってしまったわけですが。まだ子宮に俺の精液が残っているような身体で会いにいって、なにか言われたでしょう」

ギリギリのスリルを楽しみたいと思い、俺は紗良に軽くシャワーを浴びるだけで、子宮に注いでやった精液は溜めたまま彼氏と会うように命令しておいたのだ。

どのような修羅場が合ったのだろうかと、わくわくしていたのだが——。

「べつになにも。そもそも、私がおじさまのオモチャにされていたこと自体、まったく気付いてないっぽいです」

「はっ？　いやいや、一緒にきている恋人がデート中、いきなり姿を消した上にまるひと晩帰ってこなかったのに？　『心配かけてなにをしていたんだ！』とか、普通は問い詰められると思うんですがね」

予想外の返答に思わず慌てて問い返してしまう。

「いいえ、本当に気づいていなかったんです。私と彼、ホテルの部屋を別々に取っていますし……私がなにか機嫌を損ねて部屋にこもっていると思っていたみたいなんですよ。実際……昨日、おじさまと会う直前に、軽く喧嘩していたんで」

「それは中々……かなりマヌケな彼氏ですね」

世間のことを知らない人畜無害な草食系男子なのだろうか。

よっぽどいままでまわりに悪意のある人物がいなかったのかもしれない。

そんな彼氏にお嬢さんもあきれ顔だ。

「私のことを大事にしてくれる優しい彼だと思ってましたけど……おじさまのことを知ったら、なんか頼りないだけの童貞くんにしか見えなくなって、どうにも……」

「ははは、あなただって昨日までは貞節な処女だったでしょうに」

きっと清い交際をしていた初々しいカップルだったのだろう。

お嬢さんの本性が淫蕩なマゾ牝でなかったら、俺に寝取られることもなかったろうに。

「やっぱり男は、太くてたくましいカリ高勃起チンポですよね♪　おじさまのように♥」

紗良はそう甘えた声をこぼしつつ、熱っぽい目差しを俺の股間へ向けてきた。

「すっかり病みつきになってますね。ほしいですか？」

「ほ、ほしいですっ、またいっぱい犯してもらえるならなんでもしますっ、なんでも命令してくださいっ」

「では、まずその邪魔な水着を全部脱いでしまいましょう」

まともな倫理観が残っていたら晴天のビーチで全裸露出は尻込みするだろう。

だけど、彼女は嬉々と俺の言葉に従う。

「はぁい、こ、これでいいですかぁ♪　はぁ、はぁ、あぁん、私ったらこんなお外で丸裸になるなんてぇ♪」

水着を脱ぎ捨て、小さな布地で包み隠すにはかなり息苦しかったであろうデカ乳とムチ尻をさらけ出した紗良は、頬を真っ赤に染めつつ背すじをくねらせる。

その動きに合わせて大きく弾む爆乳と尻房は、見ているだけで俺の股間をギンギンに昂ぶらせてくれた。

「うんうん、薄暗い部屋の中で見るのもいやらしい雰囲気が出るけど、こうして青空の下で見ても実に魅力的ですね。紗良はどうです？　外で……この岩場の向こうには、人が大勢いるビーチがあるというのに、裸になっているんですよ？」

「そ、それはもう……すっごくドキドキして、あふぅ、頭がボウッとして、クラクラしますぅ♥　でも、それが刺激的で……んぅっ、あぁ、オマンコ、変なんですぅ。熱くなって……はぁはぁ、はひぃ……エッチなお汁が勝手に垂れてきちゃいますぅ……♥」

紗良は命じられてもいないのに腰をくねらせ、俺へ必死にアピールしてくる。

ふとももを伝う愛液の量は加速度的に増えてきていて、強い日差しに照らされてすぐ蒸発してしまうそれが、独特の淫臭を濃厚に立ち上らせ始めた。

「実にいい反応です。まったく、昨日まで処女だったのがウソみたいにいやらしい……肉便器、肉オナホとして生きるしかない、ドマゾの淫乱メスだ。あなたみたいなメスは、俺のような絶倫デカチンポに媚びて生きていくしかない。いつでもどこでもどんな姿でも、性欲処理に勤しまなければいけません。いいですね？」

「任せてくださいっ、紗良はいつでもどこでもどんな姿でもおじさまの性欲処理を頑張ります♪　いいえ、頑張らせてください！」

昨日なら『ふざけないで』とムキになって噛みついてきたであろうことを言われても、いまの紗良は嬉しそうに頬を緩めてうなずくだけだ。

呼吸も荒くなってきていて、うっとりと潤んだ瞳には、『早くチンポがほしい』という浅ましいメスの思いが浮かんで見える。

「いい返事だ。それくらいガツガツといつも発情しているメスが、俺のような絶倫チンポには相応しい」

俺はそう呟きつつ海パンを脱ぎ、勃起した肉棒を見せつけながら彼女に命令する。

「では、今日からはお嬢さんが一人前のドスケベオナホになれるよう、いろいろと仕込んでいくことにしましょう。まずは……犬のチンチンポーズで、あなたがずっとほしがっていたこのデカチンポにしゃぶりつきなさい」

俺はビンッと力強くいきり立つ怒張を指差し、紗良へ命じる。

「しゃぶりつくって……そ、それフェラチオですね。初めてだから、下手だと思いますけど……っ」

紗良は羞恥心を刺激されるのか、興奮のあまり身震いしていた。

そんな戸惑いの言葉を吐きながらも、驚くほどの積極さでいそいそと俺の前にしゃがみ込む。

「なに、教えてあげるからまずは好きに試してみなさい。あなたみたいな真性のチンポ好きなマゾメスなら、すぐ覚えられますよ。さあ、まず竿の根元を掴んで」

「は、はい♥　あんっ、熱い……岩みたいにガチガチに硬いオチンポ……んっ……今朝までたくさん私をハメ犯してくれたデカチンポぉ……♥」

紗良はまだ少し緊張を浮かべながら、それでも嬉しそうに声を弾ませてペニスの根元を掴み、自らの口元へ寄せていった。

「さあ、そのまま舐めていいですよ。

まずは好きなところへ舌を這わせて」

「んっ……あぁ、はぁはぁ……わかりましたぁ♥　あむぅ、んんぅ、れろ、れろ……ちゅぷ、んんぐむぅ、こ、こうれふぉうか？」

「おお、いいですねぇ。くぅっ……チンポの性感帯はわかりますね、亀頭を中心に舌を這わせましょうか」

　昨日まで処女だった彼女にはこれが初挑戦なだけあって、さすがに肉棒のサイズを持て余し気味だった。

　先っぽをチロチロと探るように舐める舌の動きも、まだかなり拙い。

だが、それはそれで焦らされているような気がして興奮する。

「ふぁ、ふぁい、れろろ、ちゅ、ちゅ、ふぅ、んくぅ……れろん、れろ、んちゅぅ……先……んっぐぅっ、ちゅっぱちゅっぱっ、はふぅっ♥　もう、少ししょっぱくて、エッチな味……しまひゅぅっ、んっちゅぅ、じゅるるっ、れろぉっ、ちゅううっ！」

　ぎこちなかった舌の動きも、鈴口から溢れるカウパーを熱心に舐めているうちに、少しずつ激しさを増してきた。

　尿道からこみ上げてきた熱液は、陽光に照らされて乾く間もなく舐め取られ、代わりに唾液をたっぷり塗り込まれていく。

「おぉ、くすぐったくてむず痒いのがまた……っ、ふふふ、ほらほらがんばらないと射精してあげませんよ」

興奮して体温が上がっているせいか、舌も熱を帯びている。

懸命に亀頭をなめ回そうと努力している従順な姿は男の支配欲を刺激してくれた。

「全裸で犬のポーズというだけでもとんでもないのに、チンポまで咥えているなんて痴女もいいとこですね」

「ちゅ、ちゅれろろ、れろ、ふぁい、れろん、とっても恥ずかしいれふぅ、ちゅ、んちゅる……っ！　はぁ、でもぉ、んくぅっ、はひっ、はぁはぁ♥」

「もし、その辺を歩いている海水浴客に見つかったらどうします？」

「んんぅっ、そ、想像したらけれぇ、ちゅぷぷ、れろん、オマンコ熱くなってイッちゃいそう、れろぉんっ！」

彼女のマゾ性は、肉体的な痛みにも精神的な辱めにも遺憾なく発揮されるらしい。

おかげで俺としてもいろいろな責めほうが楽しめそうだ。

「よし、次は唇と口内を利用したチンポしごきを覚えましょうか。唇を亀頭の下……カリ首へ吸いつかせるようにしながら、頭を前後に振ってみましょうか」

この覚えがいいお嬢さまなら、すぐさま慣れるだろう。

そう期待しながら命じると、紗良はそれに全力で答えてくれた。

「れろ、れろ、ふぅ、んく、えっと……ちゅぷ、こ、こう……れすかぁ？　んっ、んぅ、ちゅぷ、れろろ、んふぅ、ちゅぷ、んっく、れろん、ちゅぷぷ……っ！　んくぅっ、はぁはぁ、喉ぉ……オチンポの先、当たってぇ……んっごぉっ、じゅるるっ！」

紗良は舌で肉棒を持ち上げながら、亀頭を口蓋に押し当てていた。

歯で引っかくこともなく、器用に口唇で竿をしごいている。

そこで満足せずに奥までしっかり飲み込み、嗚咽（おえつ）をこぼしながらも、喉粘膜で亀頭をこすってくれるサービスつきだ。

「おっ、お〜、いいですよ、その調子ですっ、くうぅっ、口内から空気を抜いてさらに吸いついてっ」

「ふぁ、ふぁいぃっ！　くむぅ、じゅっぷ、んふぅ、れろろ、じゅっぷ、じゅぷぷ、れろん、じゅるるぅ……っ！」

「くうううっ、いいぞっ、チンポが蕩けそうなくらい気持ちいい！　とても今日、初めて咥えたとは思えない。やっぱりお嬢さんは、全身、オナホマンコとして使われるために産まれてきたようなメスだ。おおおっ、そう、その調子！」

俺が褒めると、早くも口腔奉仕の感覚をつかんだのだろう。首振りのテンポも上がっていく。

肉棒の反応からも俺が感じていることがわかるようで、彼女は上機嫌だ。

「んふふ、れろろ、じゅるる、れろろ、もっろもっろぉ、チンポ、んちゅぷ、おしゃぶりしまふれぇ、んちゅうっ♪」

「ううぅ、余裕が出てきましたね。はぁ、はぁ、上目遣いでこっちを見て。チンポを味わうあなたの浅ましい姿を見せてくださいよ」

「れろろ、れろん、んふぅ、じゅるぷ、先っぽからのぉ、れろろ、しょっぱいヌルヌルが美味ひいれふぅ♪」

犬のポーズで乳房がフリーになっているので、頭を振るたびに派手に揺れて俺の目を楽しませてくれる。

無様な姿で惨めな性奉仕を強要されているのに、丸出しの割れ目からは愛液がしたたり落ちていた。

「ふぅ、うっく、どうです、上のお口も性欲処理用に躾けられるのは、肉便器冥利に尽きるでしょう」

「ちゅるる、んっく、もちろんれぇふ、じゅるる、んちゅぷぷ、紗良はぁ、最高の幸せ者れふぅ♥　幸せ者オナホぉ、じゅぷ、じゅぷんっ！」

「はぁ、はぁ、では、このまま口の中に射精したら、くうぅ、どうすればいいかわかりますね？」

はしゃぎながら夢中でペニスを吸いしゃぶり続ける紗良を見ていたら、もうこみ上げてくる衝動を我慢できなくなってきた。

俺は爆乳を揺らしながら奉仕を続けるオナホＪＤを見下ろしつつ、ビクビクと力強く肉竿を痙攣させながら問いかける。

「ふぁい、れろん、しっかり舌の上で味わってぇ、れろろ、れろん、ゴックンしまふぅ、じゅる、んちゅっ！」

夢中でしゃぶりついてくるフェラのおかげで、かなり射精欲は高まっていた。

舌の動きも吸い付き加減も、申し分ない。

これが初めての口腔奉仕なのだから、やはり彼女には肉便器の天性の素質がある。

「ちゅるる、れろろ、んふぅ、じゅぷぷ、チンポ硬いぃ♪　美味ひぃ、れろろ、んちゅ、じゅるぅっ！」

「くうぅ、こみ上げてきましたっ、さぁ、射精乞いですっ、はぁ、はぁ、いまのあなたなら簡単でしょう？」

俺が快感に声を震わせながら命じると、紗良はすぐさま応えてくれた。

「んちゅぷぷ、ど、どうか初めてチンポひゃぶりしてるぅ、紗良のお口マンコに出してくらふぁい♪　れろろ、こってり特濃チンポミルクぅ、ネバドロザー汁ぅ、じゅるる、ご馳走してほしいれぇふ、じゅぷ、じゅぷんっ！」

とても生まれも育ちもいいお嬢さまと思えない下品な射精乞いの台詞に合わせ、首振りのリズムがアップして、下品なフェラ音も大きくなる。

「じゅっぷ、じゅるる、出してぇ、れろろ、好き好きチンポぉ♥　おじさまのデカチンポからビュルビュル出りゅぅっ、臭いザー汁ぅ、チンポ汁ぅっ、ほしいれふぅっ♥ 私の喉マンコぉ、びゅるびゅる汚してくだしゃいっ♥ れろん、じゅっぷ、じゅぷぷっ！」

「ふぅふぅ、よしっ、合格ですっ、ではイキますよっ、ふぅ、くぅぅ、おおぉっ！」

俺は目眩がしそうな快感を噛みしめつつ、全身を駆け抜けた衝動に身を委ねた。

「出してぇ、れろん、チンポっ、出してぇ、チンポっ、んんぅ、じゅるる、じゅぷ、じゅるぅっ！ んっごぉっ、くりゅっ、チンポぉ、ビクビクしてぇ、んっごおお♥」

ぶびゅるううっ、びゅるぅっ、びゅびゅびゅっ！

「んぶぅっ、ぐむむ、れろろ、んふぅ♪ じゅるる、れろん、んちゅぷ、んちゅう、じゅぷぷんっ！ んぷぅっ、はぁ、しゅごぉっ、出てぇ……いっぱい出てりゅぅっ、おっほ、おおおおおおっ♥」

昼の端からくぐもった喘ぎをこぼす紗良の口内へ、俺は遠慮なく大量の白濁を注ぎ込んでいった。

「くおっ、おおぉっ、さあジックリ味わってくださいっ、うっく、ふはっ！」

「れろん、じゅぷぷ、いただきまぁふ♪ ちゅ、んふぅ、んく、んく、ごっくん、れろろんっ！ んっちゅううっ、じゅるっ、んっぐんっぐぅっ、ネバネバ精液ぃ……はへぇ、喉に引っかかるくらい、濃いのぉ……おいひぃっ、んぐぅっ、飲んでるだけで、子宮キュンキュンしてぇ、はぁはぁ、はへぇ、イグイグぅっ、おおおっ♥」

紗良は射精の勢いにむせることなく、美味そうに喉を鳴らしていた。

やっぱり精飲は、男の支配欲をくすぐる。

この牝は自分に完全屈服しているのだと本能的に感じられてたまらない。

「じゅるぷ、んふぅ、もっとぉ♪　れろろ、お代わりぃ♪　んちゅるる、れろろ、せぇし美味ひぃぃ♥」

飲まされている紗良のほうも、口を、喉を、ねっとりと濃い男の欲望で汚されることに狂おしい興奮を覚えるようだ。

初めての口奉仕でここまで快感を覚えられるというのなら、いい機会だし、ここはもう一段階、肉便器化を進めるとしよう。

「ふぅ、お嬢さん、チンポから出るのはなにも精液だけとは限らないですよね」

「ちゅ、んちゅぷ、それはもちろん……あふぅ、れろろ、ま、ましゃかあ……っ」

「ははは、そのまさかですっ、肉便器には拒否権はありませんっ、すべて飲み干してもらいますっ」

俺はさすがに少し戸惑いの色を浮かべた紗良の返事を待つことなく、射精の波が引いた直後、代わりにこみ上げてきた尿意にそのまま身を委ねた。

じょろろろぉっ、じょぼおおおっ、じょろろろっ……！

「んむぐうぅっ！　オヒッコぉおぉん♪　ちゅぷ、んんぅ、ごくんっ、ごくごくっ、じゅぷ、ごくごくっ‼」

　驚きの悲鳴をあげて目を開いた紗良だが、それでもペニスを吐き出すことなく、むしろ積極的に口内へ注がれる小水を飲み込んでいく。

「ふううぅ～っ、つくづく優秀なお嬢さんですねぇ、うっく、これはいいっ、さあもっと出しますよっ」

　たまらない爽快感だ。これからはちょっと催したら、すぐに彼女の口に排尿してやるのも面白そうだ。

　きっと紗良のほうも背徳的な汚辱感を毎日味わえて幸せだろう。

「んんんぅ⁉　ごくごく、たまらない喉ごしれふぅ♪　れろろ、ちゅるぷ、オヒッコいいろぉ、じゅるるっ♥」

　まったく、うっとりと肉棒から直に飲尿するなんて可愛いにもほどがある。

　このあとも、もっと彼女に羞恥と辱めを与えてやろうと、俺にも気合いが入った。

「ふぅ……いいですよ、お嬢さん。あなたの口も立派なマンコ……俺専用の肉便器穴として、ずっと可愛がってあげますからね。くくっ、ははは！」

「ふぁぁ、ふぁいぃ……嬉しい……れすぅ……げっふぅ♥」

　小水を飲み終え、下品なゲップまでサービスしてくれたオナホＪＤの姿に、俺はこみ上げてくる愉悦を我慢できなかった。

まだ日は高い。

今朝までハメ続けていた疲労感もあるし、今日は軽く済ませるかとも思っていたが……

この調子で、たっぷり楽しむことにしよう。

「さて、あなたが着ていた水着は俺が戦利品としてもらう代わりに……くっ、これをプレゼントしましょう。さあ、着てみてください」

「え……は、はいっ♥　おじさまからのプレゼント、嬉しいです、けどぉ……こ、この水着……んんんっ♥」

口奉仕を終えてひと息ついたあと、俺から手渡された『水着』を身につけた紗良は、気恥ずかしそうに身を震わせながらこちらを見つめてきていた。

それも無理はないだろう。

それは俺がアダルトショップでどれが一番下品で、淫らか、じっくりと吟味して仕入れてきたもの。

『水着』という商品名で売られてはいたが、その実体はほぼ『紐』と呼んだほうがいい代物なのだから。

「あぁ……こ、これ乳輪がはみ出ちゃってますよね、ほとんどヒモだからオマンコにも食い込んで……っ」

「そうですね。これであなたは誰から見ても頭がおかしい痴女ですよ。でも、実際そうなんだからいいでしょう？　あなたは処女穴を見ず知らずのおじさんに貫かれて、それでメスとして目覚めさせられた挙げ句、オナホとして人生を捧げてくるような真性のド淫乱マゾメスオナホなんですからね」

「そ、それはぁ……はひぃっ、はぁはぁ、ひぅっ、ううううっ♥」

俺の言葉責めに、紗良はそれだけで軽く達したように背を仰け反らせてしまう。

そうすると、乳首すら満足に隠せていない紐ビキニから、爆乳がぶるんっといまにもこぼれ落ちそうになるのが実にスリリングで愉快だ。

「さて、納得してもらえたなら……せっかくの新しい水着、できるだけ大勢に見てもらいたいでしょう？　少しビーチを散歩しましょうか」

「えっ、こ、この格好で……ですか？　んっ、そんな……見られちゃう……知らない人たちに、こんな格好……んふっ、ふぁああ……♥」

「楽しみで仕方ありませんか？　さあ、俺にしっかりついてきてくださいよ」

極上エロボディのマゾ牝をゲットしたなら、やっぱり恥辱責めを兼ねた露出プレイは欠かせない。

俺は楽しい散歩になりそうだと心躍らせながら、震える紗良の手を引き、岩場を出て砂浜のほうへ歩き出した。

「どうです？　紗良はそれだけ綺麗なんだ、人に見られるのは慣れているでしょうけど、今日の視線はまたひと味違うでしょう？」

「そ、そうですね。……いつも以上に見られている感じがします」

「それはそうですよ。だって、見てご覧なさい。これだけ海水浴のお客さんが大勢いますけど……あなたが着ているような下品な水着、他に誰ひとりいませんからね」

ぎこちなく微笑む紗良へ、俺は容赦なく現実を突きつける。

紗良へ向けられる視線は、その過激さに圧倒されて驚いているものばかり。

特に女性からは、露骨に嫌悪と侮蔑を浮かべた目で見られ、好意的な色はみじんも含まれていなかった。

「うぅ、み、みんな私のことを穢らわしい汚物かなにかのような目で……っ」

「不服ですか？」

「そんなまさかぁ♪　さっきからドキドキしっぱなしですぅ♪」

俺の問いかけに、紗良はまったく悩むことなく恍惚と頬を緩めて微笑んだ。

期待はしていたが、それ以上の堕ちたメスの返答に、俺も笑いがとまらない。

「くはははっ！　やっぱり俺が見込んだとおりですね。マゾ牝肉便器にまともな倫理観なんて残っているわけがないですし」

「はぁい♥　だからこそおじさまに選ばれる資格があるのは、淫乱マンコの紗良だけなんです♥」

紗良はそう言って、周囲の女たちから向けられる嫌悪や侮蔑などまるで気にしていないと言わんばかりに胸を張る。

「牝になれない女ふぜいに、最高の絶倫チンポをお持ちのおじさまの相手が務まるはずがありませんから♥　私のようにド淫乱マゾのオナホメスだけが、おじさまみたいに素敵なオスにお仕えすることができるんです♥」

「ははは、可愛いですね〜。俺にしてもあなたは自慢の種です。どんどん見せびらかしてやりましょう」

「とっても嬉しいですぅ♪　チンポがムラムラしたらいつでも遠慮なく私の身体を使ってください♥」

俺が煽ってやると、紗良はしっかりと腕を絡めて、甘える子犬のように身体をすりよせてくる。

爆乳がグイグイと遠慮なく押しつけられてくるるボリューミーな感触には、思わず鼻の下が伸びるというものだ。

実際、まわりを見回してもお嬢さんがぶっちぎりの巨乳美人で、トロフィーとしても別格だ。

（どうせなら、もっと見せびらかしてやりたいな……まあ、そこまで堂々としなければ、

大丈夫だろう）

俺はしばらく彼女を連れてビーチの散歩を楽しんだあと、ほどよく他人の姿が散見する場所でシートを敷いた。

「さて、それではお嬢さんには肉便器の務めを果たしてもらいましょうか」

「あふぅ、こ、ここでするんですね。私がおじさまにオナホとして使われているところまで、見世物にしたいと……♥」

「そうです。これが俺専用肉便器なんだと、まわりに見せつけてやるんです」

「わ、わかりましたぁ♪　いっぱいい〜っぱい紗良をオモチャにしてくださいっ！」

俺が命じると、紗良はすぐさま興奮しきった仕草で、シートの上に身を横たえる。

「はぁ、はぁ、あふぅ、どうぞ……っ、もう濡れ濡れですから、いつでもオチンポ入れてくださいぅ……っ！」

シートの上に仰向けで寝転がった紗良が、自ら足を大きく上げ、紐水着の股布が深々と食い込んだ秘裂を差し出すように訴えてきた。

羞恥の悦楽と布地がこすれた刺激のせいだろう、小陰唇はすでに透明の愛液であますところなく濡れ蕩け、淫臭もプンプン漂ってきている。

「いい眺めですよ。でもその前に、まわりの人たちにもっと注目してもらいましょう」

「ふぅ、んく、と、というと……？」

「これから自分がなにをするのか、大きな声でアピールしてくださいよ。それでこそ見世物でしょう？」

恥辱の行為を他人から強要されるのと、自ら能動的に行うのとでは、それぞれ趣が違うものだ。

多角的に羞恥心を刺激される彼女は、ますます愛液をあふれさせていた。

「あふぅ、おじさまったら私を肉便器に堕としただけでなく、露出魔にまで調教するつもりなんですね……♥」

「それだけ、あなたの将来性に期待しているんですよ。あなたはもっともっと淫乱になれる逸材ですっ」

新たに堕ちゆく一歩を踏み出せるように、尻ビンタで発破をかけてやる。

バッチイイイイイイイイインッ！

「あぁんっ、お尻ペンペンありがとうございますっ、あひっ、そこぉっ、しゅきぃ♥ お尻叩かれるの大好きですぅっ！」

「その調子で、ほら自己紹介からどうぞっ。同じ女性からもっと蔑まれるようにっ」

俺はスパンキングを繰り返しつつ、早くも蕩け顔になっている紗良を促した。

「あひっ、み、みなさん聞いてくださいっ、私は肉便器ですっ、生ハメチンポしごきが大好きな牝マゾですっ！」

健全なビーチにあってはいけないはずの下品極まりない叫びに、ギョッとした海水浴客から注目を浴びる。

ヒソヒソと囁かれる声も、風に乗ってお嬢さんの耳にも届くようだ。

「はぁ、あぁ、む、向こうの私と同じ女子大生みたいな人が……くうぅ、私のこと頭がおかしいって……っ」

「よかったですね。ちゃんとあなたの淫乱な本性を一発で見抜かれたじゃないですか」

「はぁいっ、みなさんもっと見てぇっ♥ 私はこれからぁ、こんな場所で絶倫チンポの性欲処理に使われま～すっ！」

「どこで俺の相手をしてくれるんですか？」

「あぁん、お、オマンコですっ、昨日まで処女だった孕み穴で、生チンポシコシコするんですっ！」

「はい、よくできました。ご褒美に、焦らさずこのまま入れてあげましょう！」

期待以上に堂々とした宣言を決めてくれた紗良の姿に、俺も年甲斐なく、すぐ達しそうなくらい肉棒が高まってしまった。

紗良のむっちりとしたふとももを掴むや否や、叩きつけるような勢いで肉棒を膣穴へ埋めていく。

ずっちゅるううっ、ぬぽおぉっ、ぐぶぶぶっ、ずっぶぶぉおっ！

「あはぁあぁっ、くうぅっ、ふ、太くて硬いチンポがオマンコずっぽり串刺しですっ、あぁんっ！」

すぐさま熱くぬかるんでいる秘窟が嬉しげに絡みついてくる。

こちらがジッとしていても膣腔の蠕動で自然に肉棒をしごいてくる高機能オナホと化していた。

「くうぅっ、素晴らしいっ、はぁ、はぁ、まさにあなたは肉便器の鏡ですっ」

「あぁん、うれしいっ、チンポが悦んでいるのがわかりますっ、このまま好きなだけ中出しどうぞぉ♪」

あれだけ初対面でツンケンしていた彼女が、この懐きっぷりだ。

エロ巨乳美人が楽しげに従属する姿に興奮しない男はいない。

「はぁ、あふぅ、ま、ますますチンポが太くぅ……っ♥　凄いぃ、オマンコ、もうはち切れそうぉ♥」

「まったくもう、あなたは可愛すぎるにもほどがあります。くぅ、なんて犯し甲斐があるお嬢さんでしょうっ」

「私もおじさまに犯されるの大好きですぅっ、責めてぇ、突いてぇ、あぁん、もっともっとメチャクチャにしてぇ……っ！」

甘く蕩けた淫らな声からは、知性や理性といったものがうかがえない。

彼女の身も心も、すっかり肉便器スイッチが入っているみたいだ。

もう俺ものんびり楽しんでいられないと、いきなり本気のピストンで動き出そうとした――ちょうどそのタイミング。

「……おや？」

ふと、遠目になんとなく見覚えのある顔が。

キョロキョロと周囲を見回して、なにかを探しているような若い男は――。

「ああ、お嬢さんの彼氏じゃないですか」

「ひっ⁉　ウソっ、そんな……っ」

それを聞いた紗良が、さすがに表情を強張らせた。

肩を震わせ、声も抑えようとしっかり唇を噛みしめてしまう。

「きっと、また姿が見えなくなったあなたを探しているのでしょうね」

「あぁ、ど、どうしたら……っ、ここじゃすぐに見つかっちゃう……っ！」

さすがに顔見知り……しかも、いまも正式な別れを告げたわけではない恋人に見られるのは、大胆になった紗良でも抵抗が強いようだ。

でも大丈夫、彼女の扱い方は、もうしっかりと心得ている。

オフになったスイッチを強制的にオンにするなんていまの俺には造作もない。

「まあ、見られたらそのときはそのとき！　いつまでも恋人を抱く勇気すら出せなかった情けない粗チン男をあざ笑ってやりましょう！　だから……気にしないで、いままでみたいに遠慮なく喘いでくださいよ……っとっ！」

俺はそう告げながら、彼女の感じやすい子宮を突きまくる、荒々しいピストンを繰り出していく。

ずっちゅずっちゅぅっ、ぬちゅるっ、ぐっちゅぐっちゅううっ！

「んひぃっ⁉　あんっ、あぁん、凄ぉいっ、チンポっ、かき回されるっ、いいのっ、チンポぉおぉおんっ！」

ほら、このとおりだ。

下品極まりないメス鳴きは、普段の理知的なＪＤモードの声とは別人レベルだろう。

それを証明するかのように、例の彼氏は俺たちの近くまできたというのにそれが恋人の声と気づくこともなく、真っ赤な顔で足早に立ち去ってしまった。

「あぁんっ、もっとぉっ、あっ、あっ、しゅごいろぉっ、オマンコいいっ、オマンコっ、おほぉおぉぉっ！」

　俺の下で喘いでいる女が、まさか自分の彼女だとは思わなかったのだろう。

（そりゃそうだ。まだ処女だと信じてる彼女が、砂浜で堂々と他の男に抱かれているなんて想像もできないだろうな！）

　昨日、彼女の前で格好つけようと俺に食ってかかってきたあの男に、最高の仕返しをしてやった気分だ。

「あぁっ、気持ちいいぃっ、奥に響くろぉっ、ダメぇっ、バレちゃうぅ、でもチンポやめにゃいれぇえっ！」

　紗良のほうはもうチンポにすっかり夢中で、彼氏がとっくに遠ざかったことをまだ気づいていない。

　どうせならこれを利用して、もっと昂ぶらせてやろう。

　俺は覆い被さるようにして抽送を加速させつつ、少し慌てた声を取り繕った。

「はぁ、はぁ、彼氏がすぐそこまで近づいてますよ。こっちをのぞき込まれたら一発でバレますねっ」

「ひぃ、ひぃっ、それはダメらろぉっ、あぁっ、くひっ、あぁん、凄いっ、おかしくなっりゃるぅうぅっ！」

これでもかと羞恥心を刺激されるのだろう。

そのくせ逃げだそうとするどころか、さらなる凌辱をおねだりしてくるのだからお嬢さんは最高だ。

肉棒が食いちぎられそうな締めつけが、本当は見られたくてたまらないマゾメスの本音をチンポに伝えてきている。

「うおっ、くうぅっ、ダメと言っときながら、この下品な締めつけ！　まったくお嬢さんは素直じゃないですねっ」

「そ、それはぁ、あひっ、あぁんっ♥　頭おかしくなって、にゃにも考えられないれふぅっ、あっ、あぁっ！」

「ははは、だったら俺があなたがどれだけ卑しいマゾメスなのか、周りに知らしめてやりましょうっ」

抽送の勢いをあげて、膨張しきった亀頭のカリ首でゴリゴリと子宮口を強烈にこすり上げてやる。

ぬっちゅうっ、ぐぽぐぽっ、ずぶぶぶっ、ずりゅううっ！

「くひぃっ、あぁんっ、気持ちいいっ、これ好きぃっ、奥から熱くにゃるぅっ、しゅごいろぉおおぉっ！」

「はぁ、はぁ、青空の下、大勢の見知らぬ人たちに見られながら肉便器するなんてマゾ牝には最高でしょうっ」

「あひっ、あぁん、もうこれ取り返しがつかにゃいっ、普通の女の子にはもう絶対戻れなくなったろぉっ！」

紗良は俺に差し出した尻を大きく振りながら、もういまにも達しそうな甘く蕩けた嬌声をあげ続ける。

「はぁはぁ、くうぅ、で、でもそれであなたに不都合がありますか？ うおっ、おっ、おおぉっ！」

肉棒が熱く痺れて、射精体勢に入った。

同時に彼女のテンションも最高潮を迎える。

「あぁんっ、硬いチンポっ、素敵ぃっ、チンポのためなら普通の人生なんていらにゃいろぉおぉっ！」

「うあっ、うっく、そりゃあなたは肉便器になるために産まれてきたとしか思えないマゾメスですからねっ」

「はぁ、はいっ、そうっ♥ 私、どうしようもない肉便器ぃ、マ、マゾメスぅっ♥ おじさまの絶倫チンポとは運命の出会いだったんれふぅっ、あんっ、あはぁっ！ いいぃ、中出しお願いしまふぅっ、あぁっ、特濃ザー汁ぅっ、いっぱい奥にほしいろぉおぉっ！」

身もふたもない牝のおねだりが、キュンと股間にきた。

睾丸がせり上がり、子種が尿道に殺到すると快感の波がゾクゾクと背筋を駆けあがってくる。

「おぉぉっ、くうぅっ、イキますよっ、さあお嬢さんも俺と一緒にっ！　大勢が見ている砂浜で、思い切り中出しされて孕んでしまえっ！　おぉおぉっ！」

ずっちゅううっ、ずぶぶぶうっ！

「ひいぃっ、激しいっ、奥にガンガン当たってりゅうぅっ、し、子宮が弾けそうっ、気持ちいいぃいぃっ！　イッちゃうぅっ♥　出してくらしゃいっ、あぁっ!!　活きのいい、ネバドロ子種ぇっ、キンタマ直送でちょうらいぃっ！」

紗良は俺好みの下品な言葉を並び立て、自らもぎこちなく腰を振って貪欲に射精を求めてくる。

その熱心な求めに、俺は意識が遠のくような強い快感に襲われた。

「うおっ、はぁっ、くうぅっ、いっぱい子宮に子種詰め込んであげますっ、さあもっとイクんですっ！」

「あぁあぁっ、イクイクイクぅうぅっ、ふおっ、おほぉおぉっ、中出しアクメマンコぉおぉっ！　きひぃいぃっ、気持ちよすぎておかしくにゃるうぅぅ♥　あんっ、あひっ、あはぁっ！」

びゅりゅううっ、どっぷううっ、びゅるぅっ、びゅっくっ、どぶぶぶっ！

「あひっ、またイクぅっ、ドピュドピュいっぱい奥に出されてりゅうぅっ、ザー汁染み渡るろぉおぉっ！」

ペニスが爆発したと錯覚するような激しい射精を始めた瞬間、ビーチに紗良の甲高い嬌声が響き渡った。

大胆に開いている両足も不規則にガクガクと揺れ、いかにも下品極まりない。

「はぁ、あっくっ、性欲処理で孕まされるまで中出しされまくるのが肉便器ですよっ、うおっ、おおぉっ！」

俺はその淫らすぎるイキ姿を見下ろしつつ、グリグリと鈴口を子宮口に押しつけ、一匹でも多く子種を胎内に流し込んでやろうとした。

この牝の身体の所有権が自分にあるからこそ可能な種つけ行為に、俺はこの上なく興奮する。

「あぁんっ、子宮アクメぇっ、うれしいっ、犯してぇっ、孕みましゅっ、だからいっぱいチンポぉっ！　あぁんっ、イクっ、止まらにゃいっ、いっぱいザー汁ぅっ、またイクっ、イクイクイクぅうぅっ！　あぁんっ、か、感じましゅぅ……っ、おじさまのザー汁で子宮がパンパンらろぉおぉ……♥」

「ふぅふぅこれならいつ孕んでもおかしくないですね、はぁ、はぁ……っ」

尿道に残っている精液も一滴残らず彼女の中に出し切ってやる。

お嬢さんを孕ますことに俺は躊躇(ちゅうちょ)がない。

この牝を自分のモノにしたという実感が一番湧いてくるのは、臨月のようなボテ腹にあ

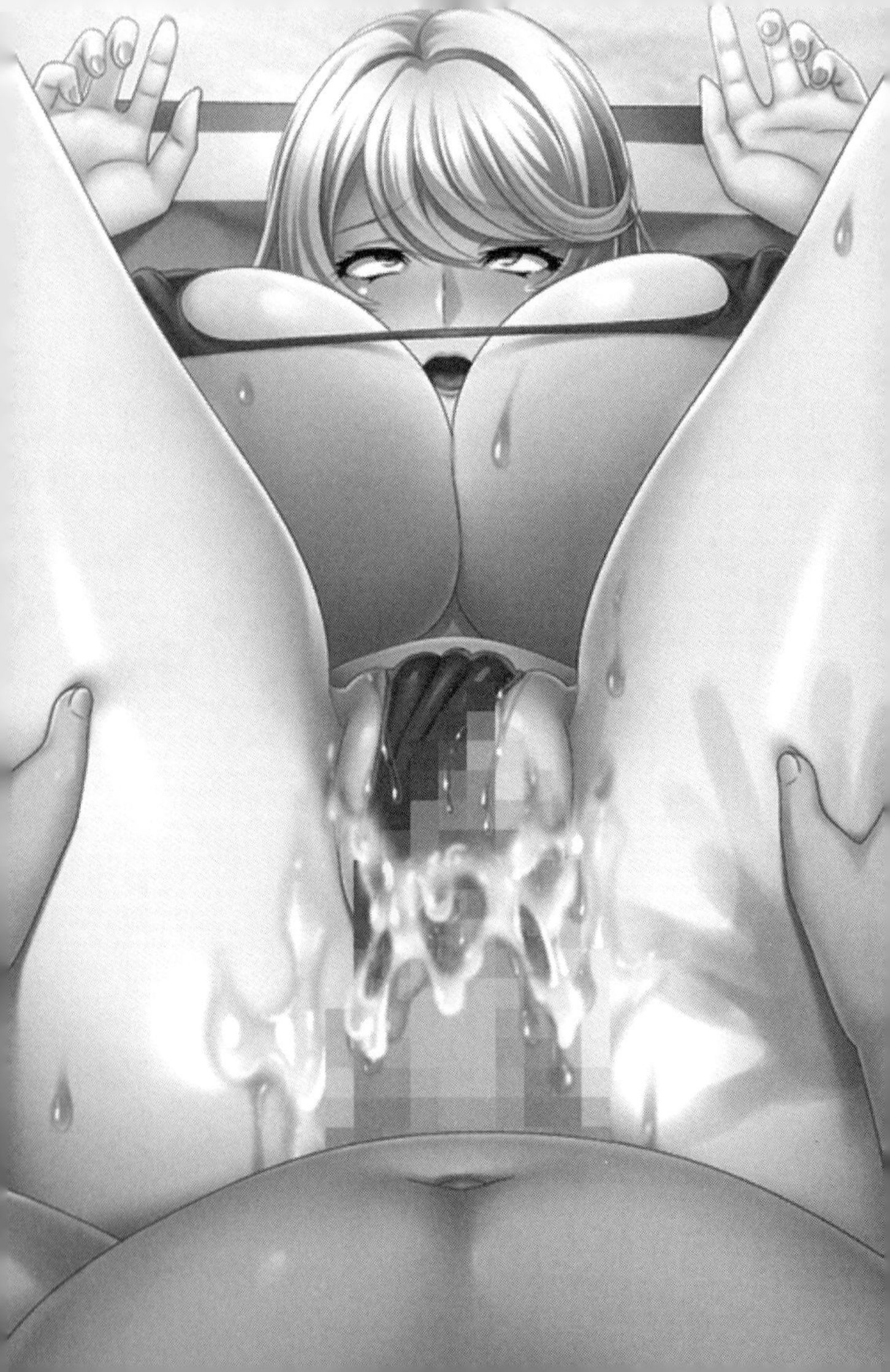

ると思う。

「はぁ、あはぁ、身体の芯から蕩けてくる感じぃ……っ、自分が牝だって思い知らされましゅうぅ……っ」

「んく、牡の子種を子宮で知ったからこそですね。処女には無縁の感覚でしょうし」

「はぁい、だからとっても幸せぇ……っ♥　いつまでもチンポと繋がっていたいって、本気で思っちゃいますぅ……っ」

紗良は身体を起こす余力もなく、うっとりと絶頂の余韻に浸っていた。

彼女がどれだけ淫蕩な存在なのか、誰もがその表情を見たら即座に納得するだろう。

「くくっ、肉便器にされてどれだけ悦んでいるのか、見てもらいましょうか」

あえて『誰に』ということをぼかして言いつつ、肉棒を引き抜いて、彼女のそばから離れる。

「あぁん、イヤぁっ、こんな恥ずかしい姿見ないでぇ♪　……えっ……あ……」

彼氏が傍にいるかもしれないということを、いま、改めて思い出したのだろう。

最初はそう悲鳴をあげた紗良だったが、視界内に恋人の姿がいないことにすぐ気づき、戸惑いを目に浮かべる。

「いつの間にか、どこかへ行ってしまったようですね。ははは、肉便器にされて喘いでいる下品なメスが、まさか自分の彼女だとは思いもしなかったのでしょう」

「ふぅ、んく、私……おじさまの素敵なチンポに夢中になっていたから、全然気がつきませんでした……どうせなら、もっと近くで見て、気づいてくれてもよかったのに……」

どうやら紗良は、バレずによかったと思うどころかいたくご不満な様子だった。

被虐の悦びに目覚めた彼女にとって、取り返しの付かないレベルの身の破滅はむしろ望むところだろう。

「はぁ、はぁ、ホント情けない……っ、なんてガッカリな童貞なの、あはぁ……オモチャにされてる女を見たら、俺も俺もって参加してくるくらいの牡らしさすらないなんて」

昨日までの紗良なら間違っても口にすることがなかった理不尽な怒りをこぼす姿に、俺ですら少々彼氏が気の毒に思えてしまうほどだ。

「公衆の面前で盛ってる変態カップルにしか見えなかったんでしょうね。まあ、草食系男子には荷が重いかも」

「あふぅ、やっぱり紗良にはおじさましかありませぇん♪　問答無用で処女レイプしてくれましたからぁ♥」

周囲から丸見えになっている秘裂を隠そうともせず、精液まみれになっている膣口をヒクつかせていた。

強制的に青姦レイプで性欲処理に使われたことが、むしろ誇らしげでさえある。

「どれだけそのオマンコにため込んでいるのか興味ありますね。息んで勢いよく飛ばしてみましょうよ」

「はぁ、はぁ、わかりましたぁ……っ、やってみますっ、では……んくっ、んっ、くむぐううぅうぅっ！」

びゅううっ、びゅるぅっ、びゅうううっ！

「んひぃっ、あぁんっ、すっごい飛んじゃうぅ、あひっ、顔中がベトベトぉ……っ！」

俺が思いつきで命じると、紗良はすぐさまだらしなく緩んだままの穴口から大量の白濁をまき散らし始めた。

噴火のごとく勢いで溢れた中出し精液の残滓は、紗良の爆乳、そして顔のほうにまで飛び散っていく。

「ははは、セルフ顔射じゃないですかっ、なるほど確かに我ながらタップリ出したみたいですねっ」

思わず笑ってしまうほどの勢いだった。

それは人並み外れて膣肉の締まりがいい証拠でもある。

やはり彼女は肉便器となる星の下に生まれてきたとしか思えない。

「内側と外側、両方から俺の匂いが染みついた身体になってしまいましたね」

「はぁい、紗良がおじさまのモノだって、あふぅ、会う人みんなに気づかれてしまいそうで……す、素敵ぃ……♥」

それはもう、嬉しそうな蕩け声だ。

そこで俺はひとつ面白いことを思いついた。

「では、そのまま彼氏の元に向かってもらいましょう。今朝と違って、今度はシャワーを浴びずにそのままですよ」

「はぁ、はぁ、はぁいっ、わかりましたぁ……っ、でもどうして？」

「あなたがとっくに寝取られてしまったことに、彼氏が気づけるか試してみましょう」

紗良が積極的にバレたいと思っているなら、さっさと露呈させ、邪魔者を追い返してしまうのも面倒がなくていい。

その程度の軽い思いつきで命じると、すっかり堕ちたマゾメスＪＤはすぐさま同意してくれた。

「こんなザー汁臭い女なんて、すぐにバレると思いますけどぉ、ウフフ、とっても楽しみでぇす♥」

やはり彼女は、女としての身の破滅にさえ妖しい悦びを覚える牝マゾだった。

俺としても、ひとりの女子大生が俺に言われるまま堕ちていく姿に下卑た笑みが止まらなかった。

三章 金髪爆乳JDと楽しむ混浴温泉

夕暮れまで砂浜でたっぷりと楽しんでも尚、紗良の身体をもっともっと貪りたいという飢えを満たすことはできなかった。

(俺のオナホとして産まれてきてくれたような、最高にエロい身体だ。この旅行中、寝る時間を削ってでも楽しみたい気分だ)

そこでその夜。

アリバイ作りのために一度帰した紗良を、再び呼び出す。

「わぁ、空いてるぅ、私たちだけで貸し切りですね」

ロビーで待ち合わせをするや否や、嬉しそうに声を弾ませる彼女を連れてやってきたのは、旅館の露天風呂だ。

ちょうど夕食時の時間と被ってしまっているせいか、広々とした岩風呂内には他の客の姿がなかった。

「貸し切りか……やれやれ、少し当てが外れてしまったな」

「当て……ですか？」

「ええ。なにしろ、この露天風呂はいまどき珍しい混浴温泉ですからね」

　俺がそう応えると、紗良は少し不服げに頬をふくらませる。

「……他の女の人の裸を見たかったとか……ですか？」

「くくっ、まさか。あなたみたいな極上のメスに匹敵する女、そうそう見つかるはずがないでしょう。ただ、そんな最高の女を他の人たちに見せびらかしながら使ってやりたかっただけですよ」

　焼きモチを焼く紗良を可愛いらしいと思いつつ、そうネタばらしをする。

「見せびらかす……んっ、あぁ……砂浜のときみたいに……♥」

「そうですよ。昼間、見られる快感がすっかり癖になってしまったようでしたからね。それをもっともっと本格的に目覚めさせてあげようと思ったのですが……まあ、それは次の機会にしましょうか」

　気遣いなく、この露天風呂で紗良との行為を楽しめるというのも、それはそれでなかなか得がたいチャンスだろう。

　気を取り直し、彼女の肩を抱き寄せながら岩作りの風呂へ入っていく。

「こうして可愛いオナホメスを連れてゆっくり温泉に浸かるというのは、まさに極楽気分ですね。男のロマンですよ」

「あんっ、おじさまに喜んでもらえて嬉しいです♥」

湯に浸かるとすぐ、紗良はその爆乳を惜しげもなく俺の腕へ押しつけ、うっとりと蕩けた顔で媚びてくる。

これから行われることへの期待に、桜色の乳首がすでに硬く勃起しているのが、昨日まで処女だったメスが快楽に堕ちきってしまったことを雄弁に物語っていた。

「そういえば、紗良と彼氏くんもこの旅館に泊っているんですよね？　この混浴温泉へ一緒に入ろうと誘われることはなかったのですか？」

ふと気になり、いまさらながら聞いてみる。

「まさか、そんなことあり得ないです。混浴風呂があるなんて、いまどきおかしいって顔を真っ赤にして文句を言っていたくらいなんですよ？　私、用があるからって言って出てきたんですけど、『じゃあ、その間にのんびり男風呂入ってる』なんて言ってたんですから……もう呆れちゃいます」

「本当ですか？　それは……せっかく彼女の裸を見られるチャンスなのに、なんとももったいない。俺なら絶対遠慮しませんよ」

草食系だとはわかっていたが、そこまで筋金入りとは改めて呆れてしまう。

「彼女と旅行へきているのなら、こうして合法的に『裸の付き合い』をするチャンス、逃すわけにはいかないと思うんですがね」

そう苦笑しつつ紗良をグイッと大胆に抱き寄せると、大質量の巨乳を下から持ち上げるように鷲づかみにしてやる。

「あぁんっ、おじさまぁ……っ、またそんな乱暴な……っ♥　はぁ、んんぅ、ドキドキしちゃいますぅ♥」

柔らかく弛む乳肉を揉んでやると、紗良の媚びたメス声が周囲に響き渡る。

背すじを心地よさそうにくねらせ、肌も急速に火照り始めた。

そこから漂ってくる香りに、俺は思わず鼻を鳴らしてしまう。

「クンクン……昼間の臭いがまだ残ってますね」

砂浜で別れるとき、シャワーを浴びずに彼氏の元へ戻れと命じたのだ。

汗、愛液、精液——淫行の痕跡が肌のあちらこちらに残ったまま、その独特の香りが火照ったせいで強く立ちのぼってきている。

「はいっ……んっ、ちょっと鼻を鳴らすだけで、自分でもはっきりわかるくらい恥ずかしいにおいしてますぅ……♥　はぁはぁ、んぅっ、このにおいだけで、おじさまの素敵なデカチンポに使っていただいたことを思い出して……あふぅ、オマンコ、恥ずかしく濡れてきちゃいますぅ……んっ、はぁはぁ、あは……♥」

「はは、あえてシャワーを浴びずに残り香を楽しむのもいいものでしょう？　でも、これだけにおいが濃いと、さすがに彼氏から怪しまれませんでしたか？」

彼氏が気づくかどうか。

そのギリギリを楽しもうというのが、そもそもの狙いだったのだ。

結果がどうなったのか聞いてみると、紗良は呆れたような笑みを浮かべた。

「それがちっとも気づかないいんです。童貞だから、セックスのあとのにおいがどんなものなのかもわからないのかも？　そもそも、ヘンに遠慮して私のにおいが嗅げるような距離まで近づいてきませんし」

「あははははっ、そ、それは……また想定外の結果だ」

どこまでも情けない草食っぷりを晒す彼氏の姿に、俺も思わず笑ってしまう。

まあ、それだけ奥手だからこそ、紗良の処女を俺が奪うことができたのだが。

「いや、さすがに疑いを抱くくらいにはなるだろうと思っていたんですが……くっ、童貞の彼氏にすべてを悟らせるには、もっと大胆に直接的な方法が必要みたいですね」

「はいっ、本当に情けない男です。あんなだから、おじさまに私のことチンポで奪われるんです♥」

「昨日までは、そんな真面目なところがいいと思っていたくせに。まったく、チンポの味を覚えた途端、酷い手のひら返しっぷりだ」

俺は甘えてくる紗良を本格的に責めてやろうと、あえて爪を立てながら乳房を揉みしだいてやった。

「くふぅっ、んん！　あぁ、おっぱい、潰れて……はひぃっ、いいいいっ！」

乱暴な扱いを受ければ受けるほど、呼吸が荒くなってくるのがお嬢さんだ。

湯面が波打つほど大きく背すじをくねらせ、こぼれる吐息も荒くなってくる。

「あふぅ、おじさまもっと虐めてぇ……紗良のことももっと取り返しの付かない肉便器にしてくださいぃ♥」

「そうですね。では、お嬢さんにふさわしい絶対服従奉仕のやり方を、新しくひとつ躾けてあげましょうか」

俺が弄ぶだけでは面白くない。

このド淫乱マゾに相応しい、自分から積極的に男へ奉仕するようなオナホに躾けていく必要もあるだろう。

「ちょっと過激な奉仕ですけど、お嬢さんのような変態な淫乱マゾはきっと気に入ると思いますよ。くくっ、その名も、アナル舐め手コキ！」

「はぁい、お任せください♥　どうすればいいのか教えてください♪　んっ……アナル舐め……おじさまのお尻、私が舐めてご奉仕するんですね……♥」

俺の言葉を聞いた紗良は、嫌がることもなく、むしろ期待に蕩けた瞳を輝かせ、自ら積極的に説明を求めてくる。

「ええ、そのとおりですよ。どれ……では……！」

俺は立ち上がって紗良の前に立ち、彼女の口元へ自らの尻を突き出す。

「さあ、俺のお尻にキスをするように、舌で肛門の皺を一本ずつ丹念になぞってみましょうか。敬愛と服従の念を込めるのを忘れないように」

「は、はい……んっ、お尻にキス……本当にしちゃうんですね♥」

「そうですよ、身体の一番汚い場所にキスさせられるんです。どうですか、屈辱的ではありませんか？」

「そんなことないです！　なんだか凄くイケナイことをするみたいで……んっ、あぁ、ドキドキしすぎて、頭がおかしくなっちゃいそう……はふぅ……♥」

紗良は熱い吐息をこぼしつつ、積極的に俺の尻へ顔を埋めてくる。

すぐさま熱い舌が尻穴へ伸びてきて、命じたとおり、実にお嬢さまらしい丁寧さで舐め清め始めた。

「あむぅ、れろろ、んちゅ……れろん、れろ、ちゅ、ちゅ、れろん、んんぅ！　ちゅぱ、んっちゅっ、れろぉ……こ、こうですか？」

「そうそう、その調子ですよ。さあ、空いている右手ではしっかりチンポを掴んで。手のひらに伝わるチンポの感触で、どうすれば俺が気持ちいいか試行錯誤するのです」

「は、はい、おじさまぁ♪　ちゅ、れろろ、私、おじさまのオナホとしてぇ……んっちゅちゅううっ！　いっぱい、いっぱい気持ちよくなってもらえるように、ケツ穴ご奉仕頑張りますぅ……れろぉ、れろれろぉ、んっちゅっ、ちゅぱぁ♥」

紗良は言われるまま右手で俺の勃起したペニスを掴んだまま、本格的に尻穴へ舌を這わせてくる。

「おお、そう、その調子だ！」

まるで火照ったナメクジが這いずり回っているような感覚だ。

肛門がくすぐったいけどそれがいい。

不浄の穴に、恋人と交わすような愛情あふれるキスを繰り返す、金髪爆乳ＪＤ。

極上のメスに背徳的な奉仕をさせているという事実が、なによりも俺の支配欲を満たしてくれて最高の気分だ。

「れろろ、んちゅ、れろん、ちゅぷぷ……っ、んふぅ、れろん、ちゅ、ちゅ、あはぁ、おじさまぁ……♥　気持ちいいれふかぁ……んちゅっ、はぁはぁ、お尻、くすぐるみたいに舐めるとぉ、オチンポもビクビク反応してくれて、嬉しい……んちゅっ、ちゅぱっ」

「とってもいいですよ、お嬢さん。くくっ、風呂で洗い清めてもいない肛門を舐めさせられて、随分と幸せそうな顔をしていますね」

「ちゅ、ちゅ、そうなんですぅ♥　ちょっとほろ苦い、ヘンな味ですけどぉ……んちゅ、おじさまが喜んでくれていると、それだけで全部吹き飛んで、幸せになれりゅぅ……れろろぉ、ちゅっ、ちゅっ、れろろ、じゅるるぅっ♪」

ちょっと意地悪に嫌悪感を煽ってみたが、紗良はまるで動じることなく、むしろ尻穴の汚れを自らの舌で拭き取ろうと言わんばかりに強く舐めあげてきた。

（昨日まで潔癖症気味なお嬢さまだったとは、もう信じられないな！　フェラのとき、小便を飲ませてやっても大喜びしていたし……）

これなら、トイレットペーパー奴隷にしてやっても悦ぶに違いない。

まったく、どこまでも使い勝手のいいオナホメスだ。

もっともっと過激な奉仕を教え込んでやりたい。

そんな悪のりにも似た興奮に身を委ね、どんどん命令を重ねていく。

「よし、次は舌を肛門に入れてみましょう。肛門の中まで舐めて綺麗にする感じですっ」

「ちゅぷ、れろろ、し、舌を入れて舐め回す……ちゅぷ、はぁはぁ、かなり深く入れても大丈夫なんですか？　おじさまはお尻、痛くなったりとか……？」

「それはあなたのテクニック次第です。丁寧に優しく心をこめて頑張ってみましょう」

「は、はいっ、ちゅ、ちゅ、では失礼します……っ」

嫌悪ではなく、俺への気遣いで躊躇（ためら）うというのが実に可愛らしい。

俺がその喜びにニヤつきながら再度促すと、紗良は探り探りという感じでゆっくりと舌を肛門内へ挿し入れてきた。

「ふおっ、おおぉ……っ！　上手いっ、いい感じですよ。ヌルッと舌が……っ、そのままもっと奥まで……っ！」

「ふぁい、ちゅぷ、んっく、れろろ……っ、ちゅ、ちゅ、くむぅ、れろろ、んむぐぅ。はむうぅっ、ちゅっ、んっちゅっ、じゅるるるっ！」

肛門をこじ開けられ、異物が侵入してくる感触におもわずヘンな声が出た。

だがそれはけっして不快な刺激ではない。背徳的ではあるけど、背筋がゾクゾクする興奮を覚える。

「れろろ、アナルがヒクヒクって……おじさま、気持ちいいんですね、嬉しいれすぅ……れろ、れろろん……っ！」

俺の反応がいいことに気をよくした紗良は、差し入れた舌をゆっくり抽送し、菊穴の入り口全体へ唾液を塗り込むように舐めてきた。

敏感な部分全体がじわじわと熱く火照り、思わず腰を震わせてしまう心地よさだ。

「う～ん、これは病みつきになりそうです……っ、ふぅ、ううぅ、ちなみに肛門の中はどんな味がします？」

「ちゅるぷ、なんかちょっと苦いというか、ちゅるる、舌がピリピリするかも、れろろ、れろん……っ」

「それなら、その味がしなくなるまで舐めて綺麗にしてもらいましょう。ううぅ、もっと舌を奥まで……っ！」

調子に乗って命令する。

　その手の風俗でも高級オプション間違いなしのハイレベルな変態プレイだ。

　だからこそ、ド淫乱マゾのお嬢さまは当然のように喜色満面となった。

「はぁい、おまかせをぉ♪　ちゅるぷぅ、れろろ、んふぅ、じゅるる、れろろ、んくぅ、ちゅ、じゅるるぅっ！　れろぉっ、ちゅっぱちゅっぱっ！」

「す、素晴らしいっ、クセになりそうですよ。くくっ、これからはオナホだけじゃなくてトイレットペーパー役も紗良にお願いするとしましょうかっ」

「れろろ、もちろん悦んでぇ、ちゅるる、あふぅ、凄ぉい、チンポビンビンっ、アナル気持ちいいんですねっ！」

　俺が素直に褒めると、紗良はますます嬉しそうに菊穴を舐め回してくる。

まるで子犬のように素直な愛くるしさは、実に仕込み甲斐がある姿だ。

この調子で、もっと奉仕を覚えてもらおう。

「いいですよ、その調子だ……くぅ、そのまま肛門の中を舐めながら、チンポも手でしごきましょう。それが手コキアナル舐めの完成形ですっ！」

アナル舐めの快感で、ペニスもすでに先走り汁が溢れるくらい高まってきている。

刺激がほしいと言わんばかりに痙攣(けいれん)を繰り返す竿を、紗良は改めてしっかりと握り直してきた。

「ちゅ、ちゅ、れろろ、んふぅ、いよいよザー汁搾りですね、れろろ、ちゅ、ちゅ、頑張りまぁす♪　ちゅぷぷ、んふぅ、んっく、シコシコチンポぉ♪　れろろ、いっぱい濃いの出してくださいねぇ♪　はぁはぁ、シコシコ……シーコシコ♥」

ケツ舐めの合間、まるで歌うように上機嫌な声を呟き漏らしながら、紗良は握ったペニスをリズミカルにしごき出す。

熱く汗ばんだ手のひらで張り詰めた竿を撫でられる刺激は、期待していた以上、腰まで痺れるような強い快感を俺に与えてくれた。

「はぁ、はぁ、いいですねぇ、その調子です！　手コキも今回が初めてなんでしょうに、とてもそう思えない……くぅっ、さすがですっ」

きめの細かい手のひらの吸いつくような感触は、若いＪＤならではだ。

ペニスに隙間なく密着し、まさに最高の天然オナホの素材と言えるだろう。

その滑らかな刺激の中、白魚のような指がカリ首や裏筋を繰り返し引っかきこすってくる刺激が、いいアクセントになっている。

目の前で何度も火花が散り、射精衝動を急速に高められていく。

「んぅちゅ、ちゅぱちゅぱ♥　チンポの反応がぜぇんぶ紗良に教えてくれるんですぅ、れろろ、れろん……っ！　れろろ、さっきから興奮しすぎて頭真っ白ですけどぉ、ちゅぷ、身体が勝手に動くんですぅ、ちゅぷぷっ！」

誉められて気をよくした紗良は、指先で垂れるカウパー腺液をすくい取り、それを全体へ塗り伸ばすように激しくしごき続ける。

グチュグチュと独特の淫音が大きく鳴り響き、熱い摩擦快感がさらに高まってきた。

「くうぅ、それでこそ俺の肉オナホだ！　ふぅ、うおっ、そうですっ、我慢汁、手のひらにもしっかり塗り込んで伸ばすように……っ！」

「はぁ、はひぃ♥　ちゅ、れろろ、指だけじゃなくてぇ、手のひらでも亀頭を撫で撫でして……んっちゅっ、はぁ、はぁ、れろぉ、もちろん、お尻……ペロペロするのも休まずに続けてぇ……じゅるるるっ、んっちゅぅっ、ケツ穴舐めてぇ……オチンポシコシコ、デカチンポシコシコぉ……んっちゅっ、ちゅっぱちゅっぱっ♥」

紗良は俺が少し指示しただけで、風俗嬢顔負けのテクニックを身につけていく。

見た目も最高だし俺にベタ惚れで積極的に性奉仕に勤しむ姿が、オスの自尊心や所有欲をとことん満たしてくれた。

「はぁ、はぁ、お嬢さんくらいチンポに都合がいいメスはいませんね。彼氏持ちでも、しつこく言い寄ってくる男、多かったでしょう？」

「は、はい確かにいっぱい告白はされてきましたぁ……んっちゅぅっ、でもぉ、おじさまみたいに素敵な人と出会えたのは初めてぇ……じゅるるるっ、どんなお金持ちの御曹司よりも、アイドルみたいなイケメンよりもぉ、デカチンポで、凄く刺激的なご奉仕教えてくださるおじさまが世界一魅力的れすぅ……んちゅぅっ、私、一生、おじさまの肉オナホでいたいでぇす♪　くっさいオチンポぉ、ケツ穴ご奉仕専用のぉ、都合のいいオナホとして使いまくってくださいぃっ、んっちゅううっ、じゅぱじゅぱっ、れろぉっ♥」

俺の趣味を理解している紗良が、好みに合わせた言い回しで媚びてくる。

その合間もしっかり舌を菊穴内で動かし、掴んだペニスを左右へ捻るような変化も加えて熱心にしごき続けていた。

「まったく可愛いにもほどがありますよ、ふぅ、くぅっ、俺もあなたを手放す気はいっさいありませんっ！」

見てよし、揉んでよし、ビンタもＯＫな巨乳の持ち主は希少性もバツグンだ。

しかも、有名企業の社長令嬢という、人生勝ち組コースを歩んできたお嬢さん。

人生すべてを捧げ、俺のために役立ってもらうとしよう。

「はぁ、はいぃっ、ずっとぉ、ずっと私を使ってぇ、お役に立ててください♥　れろろ、ちゅ、ちゅ、んふぅ、チンポヒクヒクしてるぅ♪　もっと感じてぇ、濃いザーメン出せるようにぃ、いっぱい感じてくださいぃっ♥　ちゅぷ、れろろぉんっ！」

「ふぅ、ふぅ、どうです、本来なら屈辱的なアナル舐めでもあなたにはご褒美にしか感じられないでしょう」

「ちゅぷ、れろん、もちろんですぅ、ちゅ、ちゅ、鉄みたいに硬く勃起してくれて、うれしすぎまぁす♪」

肉棒を握りしめた感触を堪能しているのがよくわかる声と手の動きだった。

もとから運動神経もいいのだろう。リズミカルなしごきに迷いの色がない。

これならデリヘルでも始めたら、あっという間にリピート率ナンバーワンの人気嬢になれる。

「くぅっ、チンポの扱いも完璧ですっ、これはまたたっぷり出そうですよっ」

「れろ、れろん、ちゅぷぷっ、うれしいぃ、ちゅ、ちゅっ、シコシコチンポっ、ナデナデチンポぉっ！」

俺が射精の近づきを告げると、それだけで奉仕が一気に激しさを増す。

淫液をまき散らしながら竿を素早くしごき、びちゃびちゃと盛大に水音を響かせて尻穴を舐め、ほじくってくる。

「んちゅっ、はぁ、いつでもぉ、だ、出してぇ、射精っ、チンポ汁ぅっ、んっちゅっ、お尻もぉ、味しないくらい、ペロペロ綺麗にしましたぁっ♥ ザーメン、ご褒美ザーメン、チンポ汁ぅっ、んっちゅっ、じゅばじゅばっ、れろぉっ、ちゅううっ！」

「はぁ、はぁ、その調子だ！ くううっ、締めは俺の肉オナホらしい、もっといやらしくて浅ましい射精乞いで!!」

「はぁい♪ じゅぷぷ、紗良はザー汁搾りが大好きな卑しい肉便器ですぅ、れろろ、じゅぷんっ！ じゅるるぅ、どうかキンタマに詰まっている子種を、ぜぇんぶ気持ちよくぶっ放してくださぁいっ！」

紗良は俺に促されるまま、覚え立ての淫語を並べた射精乞いの台詞を叫ぶ。

同時に手コキの勢いにスパートがかかった。

ぐちゅぅっ、ぬちゅぬちゅっ、ぬちゅるぅっ！

「おおっ、そうだ、いやらしい音を鳴らして、根元から先っぽまでしごけ……くううっ、いいですよ、そのまま……おおおっ！」

「はひぃっ♥ チンポもぉ、ケツ穴も……んちゅっ、ご奉仕、もっとぉっ！」

息絶え絶えの熱い声に合わせ、舌も根元のほうまで尻穴へ差し込まれてきた。

入り口どころか直腸部分まで舐め回され、お腹全体が熱く火照るような独特の快感に俺も夢見心地な気分になってしまう。

「ちゅぷぷ、れろろ、んふぅ、じゅぷんっ、ちゅっ、ちゅっ、おじしゃま大しゅきぃ、れろろっ！」

「くうぅっ、こ、これは凄いっ、うおっ、イキますよっ、おっ、おっ、くおっ！」

「じゅるるっ、チンポイッってぇ♥　んちゅ、れろ、チンポぉ、じゅるぷ、じゅぷっ、じゅぷぷぷっ！」

どっぷりゅううっ、びゅるるるっ、びゅっくううっ！

「くむぐっ、んひぃいいいいぃいっ！　んぁっ、チンポ暴れてりゅうぅっ、りゅぷ、じゅぷぷっ！」

「おおおぉおぉっ、くはっ、そ、そのままっ、アナル舐めしながら最後の一滴までしごき出しなさいっ！」

腸内に押し込まれた舌で前立腺を圧迫され、思い切り握りしめられたペニスを何度も脈動させて盛大に吐精を続ける。

いまにも意識が飛びそうな快感に浸りながら、俺は下腹部に力を込め、こみ上げてくるものを盛大に迸(ほとばし)らせていく。

「ふぁいっ、れろん、ちゅ、ちゅ、いっぱいらひてぇっ、れろん、じゅぷっ、ちゅうっ、んちゅうぅっ！」

紗良はうっとりとした声をこぼしつつ、俺に言われるまま律儀に奉仕を続ける。

火照りきった舌を肛内に挿入されたままの射精は、いままでに経験したことがない奇妙な射精感だった。

おそらく、硬く尖らせた舌先が前立腺をツンツンと刺激しているのだろう。

そこを中心にジンと甘い痺れが竿の先まで駆け抜け、いつまでも浸っていたくなる極上の快感だ。

「れろろ、ちゅっぷ、んひぃっ、れろん、じゅぷ、じゅぷんっ、もっとらひてぇ、れろろんっ！　んっぐぅっ、ちゅっぱっ！」

「はぁ、うあっ、くぅぅっ、こ、これはクセになるヤツですっ、素晴らしいっ、おふっ、うおおぉっ！」

「んちゅぷ、おじしゃまが喘いでるのぉ、とっても可愛いれふぅ♥　れろろ、んちゅぷ、んぐぅ、れろん、ちゅぷっ、じゅるるぅっ！　んはっ、はぁ、はぁ、どうですぅ、ご満足いただけましたぁ？　はぁ、あふぅん……っ！」

ようやく激しい射精が鎮まると、紗良はそれでもまだ名残惜しげに尻穴へ差し込んだ舌を動かしつつ、問いかけてきた。

「ふぅ、ふぅ、ええ、もちろんですっ、いままで経験した手コキでもあなたが文句なしで最高でしたよ。まったく、奉仕上手なオナホだ」

「あはぁ、ありがとうございまぁす♪　おじさまに満足してもらえてぇ、紗良は幸せな肉オナホでぇす♪　んぅ、ちゅぷ、れろん、私もアナル舐めが病みつきになりそう、思わずおじさまと一緒にイッてしまいましたぁ♪」

俺の褒め言葉に機嫌よく声を弾ませる紗良は、まだまだ奉仕したりないのか、執拗に濃厚な舌の動きを繰り返していた。

「ふぅ……温泉で気持ちよくリラックスして、尻穴の奥まで舐め清めてもらいながら、極上の射精を楽しむ……最高の時間だ」

「よかったです♥　私、おじさまに喜んでもらうためだけに存在する肉オナホですから。おじさまに満足していただけるのが凄く嬉しい……んぅっ、でもぉ……ちゅるぷ、れろれろぉ……はふぅ、んぅっ、ちゅううっ……」

「どうしました？」

うっとりしていた紗良が、少し寂しげに言葉を濁したので、首を傾げて問いかける。

「ザー汁……飛び散ってしまってもったいないって思っちゃいます。んぅ……ネバドロの臭いお汁……全部、私のオナホマンコに吐きだしてほしかったなって……れろろ、ちゅ、れろん……あは……んぅっ、オナホの分際でおねだりして申し訳ありません」

少し遠慮がちにいうその姿に、俺は思わずニヤけてしまう。

蕩け顔で、なんともいじらしいじゃないか。

可愛い子におねだりされたら、応えてやりたくなるのがおじさんという生き物だ。

「はは、安心しなさい。俺が射精一発で満足するわけないでしょう。もちろん、上手な奉仕のご褒美に、紗良のオナホ穴にもたっぷりぶちまけてあげますよ」

「ホントですかおじさまっ、ありがとうございまぁす♥」

パッと顔を輝かせてお礼を言う紗良は、もう俺に使ってもらうことだけで頭がいっぱいという、完全なオナホメスっぷりだ。

どうせなら、それに相応しいポーズでハメてやるとしようじゃないか。

「さあ、立ち上がって、俺に背中を向けてここ……ふとももの上に座りなさい」

俺は岩風呂の縁に腰を下ろし、紗良を手招きで呼び寄せる。

「はいっ♥　んぅっ、あぁ、ご奉仕でオマンコトロトロですし、すぐにオチンポ入れられると思います……はぁはぁ、あふぅ♥」

いそいそと立ちあがった紗良が、命じられるまま、いわゆる背面座位の姿勢でペニスを挿入してもらおうと、俺の膝上に腰を下ろす。

そのタイミングで、入り口のほうへ目線を向けつつ声をかけた。

「さて、たっぷりハメてあげるつもりですが……ここは混浴の露天風呂。いまは貸し切り状態ですが、いつ誰が入ってきてもおかしくないですよね？」

「は、はい、それはそうですけどぉ……んぅっ、あぁ……おじさまは、見られたら困りますか？」

「まさか、見せびらかすつもりでここを選んだんですから。そうではなく、入ってきた人に、あなたがチンポ狂いのド変態肉オナホだとひと目でわかるようなポーズをキメておいてほしいんですよ。そのほうが、ギャラリーの興味を惹けるでしょう？」

　本当に誰かくるかはわからないが、どうせ見せつけるならとことんこの極上のメスを貶めてやりたい。

　そんな本音をそれっぽい理屈で誤魔化しながら告げると、紗良は見られる瞬間を妄想したのか、それだけで軽く達したように背すじをくねらせた。

「な、なるほど～。では、おじさまぁ、紗良に肉オナホに相応しいポーズ、ご指導ご鞭撻のほどお願いいたしまぁす♪」

　新たな被虐の予兆を感じ取ったのか、お嬢さんは好奇心を抑えきれない様子だった。

「くく、いいでしょう。それではそのまま大きなお尻を俺のふとももへこすりつけるようにして座って、愛液塗れのいやらしいマンコでチンポを咥え込んで。そして、その嬉しさをストレートに表現してごらんなさい」

「は、はい……少し恥ずかしいですけどぉ……んぅっ、この嬉しさ……はぁはぁ、おじさまみたいな素敵なデカチンポのオナホとして使ってもらえる嬉しさをアピールしますぅ、はぁはぁ、あはぁっ♥」

俺の指示に、紗良は声を弾ませながらゆっくりと腰を落としてくる。

むっちりと大きく、柔らかい。

張りのあるデカケツが俺のふとももに密着し、ペニスが窮屈な肉壺へ根元まで沈んでいく——その瞬間。

「イ、イエェ〜イ、オシッコシ〜シ〜ポーズでチンポズッポリWピースぅ♪　あぁん、これ恥ずかしすぎますぅっ、顔が熱いっ、これだけでイッちゃいそう……っ！」

俺にふとももを掴んで持ちあげられ、まるで子供が用を足すときのような秘所丸見えの姿勢になった紗良が、両手でピースサインをキメて大はしゃぎし始める。

「はぁはぁ、んぅっ、おじさまぁ、こんな、でよろしいですかぁ？　あはっ、これオマンコにオチンポがズッポシ入ってるところ丸見えのままピースサイン……両手でピースぅ、頭の中、オチンポのことでいっぱいのオナホメスだってひと目でバレちゃう変態ポーズです……はぁはぁ、んふっ、ああっ！」

「ええ、命令どおり、なんとも無様で浅ましい……そしていやらしいポーズですよ。紗良も興奮しているでしょう？　くぅっ、マンコが小刻みにヒクヒクと可愛らしく締めつけてくるじゃありませんかっ」

「だってぇ、これ、おっほぉっ、おおっ、恥ずかしすぎて、頭真っ白ぉっ、おおおっ、声も出るぅ、出ちゃうっ、んっほぉっ、おおおっ♥」

俺がちょっとからかうと、紗良は露天風呂の隅々まで響き渡るような、甘く蕩け切ったオホ声をあげて腰をくねらせる。

彼女が言うとおり、ひと目で堕ちきったメスオナホとわかるような無様ポーズを教え込んだのだが、どうやら大好評らしい。

それならば、もっともっと辱めてやるとしよう。

「くくっ、凄い声ですね。あいにく、この混浴風呂へ入ってくる人の気配はまだありませんが……隣の男風呂にも聞こえていそうですね？」

「はぁはぁ、男風呂ぉ……んぅっ、おじさま以外の男の人にぃ、この声ぇ……おじさまのオチンポをズボズボされてぇ、子宮、いっぱい突き潰されてあげてる、エッチな声、聞かれてりゅっ、んふぅっ、はぁはぁ、はへぇ♥」

「そうですね。くくっ、そういえば、あなたの彼氏くん、男風呂へ入ると言っていたんですよね？　もしかしたら……いま、彼氏にも聞かれているかもしれませんね」

俺は壁の向こうにある男風呂へ目線を向け、そんなことを紗良の耳元で囁く。

「んふっ、はぁはぁ、それ……可能性はあると思いますぅっ、はふっ、あぁっ♥」

「あはは、だとしたら面白い。まさか彼氏ものんびり男湯に浸かっているときに、彼女が混浴風呂でこうしてよそのおじさんの肉オナホにされているとは、まさか夢にも思わないでしょうね」

「はぁ、はぁ、はぁい酷い話ですぅ♥　んく、あぁん、とんでもない寝取られマンコが紗良でぇすっ！」

紗良も彼氏に聞かれていることを妄想し、背徳的な興奮が高まってきたようだ。

肉棒を咥え込んだ膣穴が大きく波打ち、もっと奥深くまで咥え込もうと言わんばかりに幹竿へ絡みついてくる。

「さて、あなたが向いてる壁の方角にちょうど男湯があるのですが……俺の言いたいことがわかりますね？」

「あぁん、もしなんの障害物もなかったら、あふぅ、真っ正面からぜぇんぶ丸見えになってしまいますぅ♪」

もっともっと男湯のことを意識させてやると、紗良の羞恥心と興奮はうなぎ登りの勢いで高まっていく。

膣粘膜は大量の愛液で熱く蕩け、茹だるような感触が最高に気持ちいい。

きっと彼女の脳内では恥辱の公開肉便器ショーが展開されていることだろう。

俺にしたって鼻血が出そうなほど興奮している。

「さあ、お嬢さんのイヤらしい姿をたっぷり楽しませてもらいますよっ！　壁向こうの彼心に見せつけているっ、すべて聞かれていると思いながら遠慮なく感じまくりなさい‼」

俺はそう紗良の耳元で命じるや否や、ふとももにズッシリと感じる重いデカケツを跳ね飛ばすような勢いで腰振りを始めた。

ずりゅううっ、ぬちゅるぅっ、ずぶずぶずぶぅっ、ぬちゅるっ、ぐっぽおおお！

「あひっ、あぁんっ、ど、どうぞ好きなだけ犯してくださいっ、あひっ、いっぱい突きまくってくださいっ♥」

「はぁ、はぁ、どうやらかなりチンポが待ち遠しかったようですね、くぅっ、貪りついてきますよっ」

「だ、だってぇっ、おじさまがアナル舐めなんてさせるから……っ♥　あんな恥ずかしくて変態なことしてたらぁっ、んぅっ、それだけでオナホマンコおかしくなってぇ、感じやすくなるんですぅっ♥　あっ、あっ、硬いデカチンポぉ、奥に響いて最高ですっ！」

亀頭が行き止まりに衝突するたび、言い訳がましく媚びてくる紗良の声が一段高く跳ねあがっていく。

膣腔はすっかり俺の肉棒の形になってしまったらしい。

挿入した瞬間から馴染むこと馴染むこと。

俺専用肉オナホを自認するだけのことはある。

おかげで軽く腰を振っただけで、極上のこすれ具合を味わえる。

「あぁっ、あんっ、感じますぅっ♥　太くて硬くて大きいチンポが。トロトロのオマンコを深々とかき回してくるのぉっ、あはぁっ！」

「ふぅ、うっく、いいっ、お嬢さん。その調子で肉便器っぷりをもっと派手にアピールしてもらいましょうっ」

「あぁんっ、あっ、あぁっ、くひぃっ、ア、アピールですかぁ……？」

「そうですよ。もっとお腹に力を入れて、男湯にいる人たちが……もちろんあなたの彼氏も含めて、全員、あなたの浅ましすぎるメス声で勃起してしまうくらい、盛大に喘いで悶えてくださいっ！」

俺は言葉に合わせてズンズンッと強く子宮を突きあげつつ、さらに抽送を速めて蕩け顔の紗良を促してやった。

ずちゅずちゅぅっ、ぬちゅぅっ、ずちゅるっ、ずぶずぶううっ！

「あひっ、あぁんっ、本当にぃ、か、彼にバレてしまうかもしれないのに、あぁっ、なんて酷いおじさまぁ♥」

「いいじゃないですか。俺専用の肉オナホのあなたに、いまさら羞恥心なんてものは必要ない。とことん乱れて、堕ちて、メスの快楽に酔いしれなさいっ！」

「あぁっ、あんっ、もちろんですっ、はぁ、あふぅ、チンポに逆らえない惨めな姿をご笑覧くださぁい♪」

ちょっと抵抗するような声を漏らしたのは、むしろ興奮を増すためのスパイス感覚だったのだろう。

目を細め、背徳的な被虐感の虜になっているお嬢さんの口から漏れる声は、どんどん大きくなっていく。

「あぁっ、あぁんっ、チンポ凄いぃっ、おじさま最高っ、お風呂で生ハメとっても感じますぅっ♥　いいっ、はへぇ、おおおっ！」

「はぁ、はぁっ、お嬢さんの本気はそんなものじゃないでしょうっ、なにを照れているんですっ！　もっともっと我を忘れて、メスの本性丸出しの無様な声をあげるんだ!!」

俺はさらなる限界突破を求め、太いふとももを改めて掴み直すと、紗良の身体を本物のオナホみたいに揺さぶって突き責めていく。

ずっぶうううっ、ぐちゅううっ、ぐぽぉっ、ずぶりゅっ、ずぽぉっ、ずっぽっ！

「あひぃっ⁉　グリッと子宮に来たのぉっ、熱くなっちゃうっ、チンポでトロトロにされちゃうぅっ！　あぁっ、あぁっ、浮気マンコ大歓喜ですぅっ、いいっ、カリ高勃起チンポでかき回してぇっ！」

露天風呂にペニスが濡れ蕩けた膣壺をかき混ぜる水音が大きく響き、さらにそれを塗り潰すほどの派手なメス声があがる。

穴全体がキュンキュンと歓喜を訴えるように収縮し、湯面には結合部からかき出された泡立つ愛液がビチャビチャと盛大に飛び散っていく。

「おおぉっ、吸いつきますねっ、くうぅっ、子種乞いもすっかり慣れたものじゃないですかっ」

露骨に肉棒を離そうとしない締めつけだ。

メスの生殖本能がこれでもかと昂ぶっているのだろう。

俺としてもこの最高にエロい女体を孕ませたくて仕方がない。

こんな最高級肉便器となる素質を持った処女学生との出会いには運命を感じる。

「あっ、あっ、私はマゾメス浮気マンコぉっ♥　ずっとずっと大事にしてくれていた彼よりもぉ、無理矢理処女穴貫いてくれた、強引でたくましいおじさまを選んだチンポ狂いの淫乱ドマゾメスでぇすっ♥」

自らを貶めるような声をあげると、ドマゾの紗良はそれだけで軽く達したように大きく背すじを震わせた。

結合部からブシュブシュと音が聞こえそうな勢いで愛液が噴き出て、独特の甘い淫臭が温泉の硫黄臭に混ざって周囲に広がる。

「あぁんっ、絶倫チンポと身体の相性が最高なのぉっ、私はおじさまの肉オナホ、肉便器になれて幸せぇっ！　もっとぉ、もっとおじさまの性欲処理に使ってぇ‼　人間失格の、オチンポシコシコすることだけしか能がない、変態マゾメスにしてくださいぃっ♥」

「俺も果報者ですよ。あなたのようなまわりに自慢できる巨乳美人で、性欲処理し放題なんですからっ！　くううっ、お望みどおり、二度と他の男とはつきあえない、俺専用の肉オナホメスとして徹底的に仕上げてやるっ！」

湧きあがる荒々しい興奮に背を押されるまま、力強い突きあげを繰り返す。

ずっぶうううううっ、ずちゅうぅっ、ずぶずぶぅっ、ずぶぶぶっ！

「んっほおおおおおっ♥　しゅごぉっ、奥ぅっ、子宮っ、ズボズボ突かれてぇっ、はひぃいいいいっ、きひいいいいいいっ♥」

素早く肉棒を突きあげるたびに、豊満な乳房が縦に柔らかくバウンドする。

並のメスならとっくに壊れてしまうくらい激しく責めているのに、それを歓喜してどんどん淫らに開花していく様は、最高に俺好みの姿だ。

つくづく周囲に見せびらかしてやりたくなる美貌のメスオナホ姿。

いつまでもこうしてハメ責めていいたくなってしまう。

「ひぃっ、あはぁっ、お願ぁいっ、誰か見にきてぇ♪　んはっ、混浴温泉で肉オナホの生ハメショー公開中なのぉっ！」

「はぁ、はぁ、確かに見物人がいないのは残念ですねっ、お嬢さんは見られるのが大好きですからっ」

「あぁんっ、はいっ♥　特にぃ、同じ女性からの冷たい視線がたまらなく感じますっ、ゾクゾクしてオマンコ熱くなりますぅっ！」

破廉恥な告白がウソでない証拠に、膣肉の反応がとても敏感だ。

締めつけ、絡みつき、蠕動（ぜんどう）を執拗に繰り返す。

まるでここだけ別の生き物のようでもある。

「はは、なるほど、お嬢さんのようなドマゾには同性の蔑みのほうがお好みというわけですか。でも、お嬢さんは彼氏にも見られたいのでしょう？」

「あひっ、はぁいっ♥　だって浮気マンコですからぁっ、あぁんっ、凄いっ、イケナイことをしてるって思うとぉ、ますますオマンコがヘンになるっ、あぁっ♥　本当に彼氏に見られたらぁ、申し訳ないのと、気持ちいいのゴチャゴチャになってぇ、おっほぉっ、イグ……想像だけでマゾマンコが本気イギすりゅっ、んほぉっ、おおお！」

本当に達しているらしく、膣壁の痙攣が激しさを増す。

だらしなく緩んだメス顔は、奥手で草食すぎる彼氏が見たら、気絶すること間違いなしという浅ましさだ。

「彼氏だってあなたの身体を狙っていたでしょうに、ふはっ、この有様ではもう致命的に手遅れですねっ」

「はいぃっ、キッキッ処女マンコだったのが、すっかりおじさまサイズにされてしまいましたぁっ♥ あんっ、あぁっ、このチンポ凄いんですっ、ペットボトルサイズのぉ、何十回もハメてくれるぅ、ひと晩でメスを壊しちゃう最強オチンポぉっ、好きぃっ、おじさまの最強チンポぉっ、どんなメスでも躾けられちゃう凶器なのぉっ♥」

いよいよもってメス欲のボルテージは最高潮を迎えようとしていた。

完全に喘ぎ声が盛りのついたメス犬だ。

「あぁっ、も、もう私ぃっ、もう無理ぃっ、おじさまぁぁっ、イカせてっ、中出しアクメさせてぇぇぇっ！ ネバドロザーメン、子宮いっぱいにびゅーびゅーされてイク声もぉ、みんなに聞かせちゃいたいですぅっ、おっほぉっ、イイッ、はひぃいいっ！」

いよいよ意識を繋ぎとめておくのも限界なのか、紗良は全身を小刻みに痙攣させながら息絶え絶えに懇願してきた。

声に合わせて膣壺がペニスを噛みしめるかのごとくギュッギュッと収縮し、その圧迫感は高まってきていた俺を一気に昇り詰めさせてくれる。

「おぉっ、くぅっ、露骨な締め付けおねだりがたまりませんねっ、はぁ、はぁ、おぉ、これは確かにぶちまけてやりたくなるっ!!」

「くださいっ、あぁっ、肉便器マンコにザー汁たっぷり詰め込んでっ、種つけチャレンジお願いしますぅっ！」

媚び声に合わせて子宮が下りてきて、亀頭にまとわりつく。

あまりに淫蕩でいじらしいメスの身体の反応に、俺も急激な射精欲の昂ぶりを感じる。

「いいでしょうっ、はぁ、くはっ、でも、どうせならもっと無様な姿を見てみたい……あなたがオシッコシーンを見せてくれたら、中出ししてあげますっ！」

「あぁんっ、こ、このままですかっ？　あひっ、こんなオシッコポーズでズボズボされてるからってぇ、本当にお漏らししぃっ、んひぃ、お風呂でお漏らししぃっ♥」

「そうですよ！　いい加減分別もついた年齢なのに、そんなことお構いなしで、思い切り温泉で盛大にお漏らししながらイッてしまいなさいっ！」

俺は繰り返しそう命じつつ、排尿を促すように、膣壁側から膀胱を刺激してやる。

にちゅううっ、ぐちゅぐちゅぅっ、ぬりゅうっ、ぬちゅるぅっ！

「んっくううっ、おぅっ、おおお！　お腹ぁ、奥から突かれてぇ、んひぃっ、ほぉ、本当に出るぅっ、はへぇ、おしっこぉっ、おおっ、んおおおっ♥」

「さあ、出せ、出してしまえっ！　お漏らししながらザー汁ぶちまけられて、思う存分マゾイキをキメてしまいなさいっ！」

繰り返し命じた俺の言葉で、お嬢さんの中のまっとうな倫理観が、被虐の快楽によって駆逐されていく。

そして——いよいよ決壊のときが訪れた。

「あぁっ、あぁっ、任せてくださいっ、オシッコしますっ、だからおじさまっ、しっかり見てぇっ!! あっ、あっ、オシッコの穴ぁっ、ゆ、緩みますっ、あぁんっ、出ちゃうっ、お漏らししますぅうぅっ♥」

じょぼぼおおおっ、じょろろろろぉっ!

派手な放尿音とともに、結合部の少し上側から黄金色の小水がぶちまけられる。

「んひぃいいぃっ! あぁっ、これ凄い開放感っ、気持ちいいっ、ふはっ、はぁはぁ、あはぁぁんっ♥ オシッコとまらないっ、いっぱい出ちゃうっ♥ あぁんっ、凄い勢いでオシッコ垂れ流しなのぉおぉっ!」

離れた男湯にまで響かせたいのだろう。

粗相を続けながら叫ぶ、すっかり頭がおかしいマゾメスの放尿実況だ。

放物線を描く小水からムッとするようなアンモニア臭がする。

「おおっ、これはだいぶため込んでいたようですねっ、においがかなりキツいっ! 可愛いお嬢さまの出していいにおいじゃないぞっ!!」

「あぁっ、恥ずかしいっ、恥ずかしすぎて頭破裂して死んじゃいそうっ、おじさまトドメを刺してぇっ♥」

「ええ、約束ですからねっ、奥に特濃な子種を出してあげますっ、うおっ、おおっ、おぉおおぉっ！」

俺はもういまにも失神しそうな紗良のおねだりに応え、一度腰を引くと、残りの力をすべて込めて奥を突く。

ずっちゅうううううっ、ずぼぼぼっ、ぬちゅるぅっ、ずぼおおおっ！

「くひいいいいいいっ、いいっ、奥ぅっ、一番奥ぅっ、子宮の中までチンポくりゅっ、きて……んひいいいいっ、イッ……ぐぅっ、おっほおおおおっっ、イグイグぅっ、イグっ、んぐうううううううううう！」

びゅるうぅっ、どっぷりゅうっ、びゅくっ、びゅるるるっ、びゅびゅびゅっ！

「あひぃいいいぃっ、イグイグイグぅうううぅっ、しゅごいぃいいぃっ、いいろぉっ、オマンコイグぅううぅっ！」

「くはっ、おおぉっ、ぐうぅっ！　この子宮は俺のモノですっ、しっかり孕みアクメをキメなさいっ、おおぉっ！」

俺は妊娠を命じつつ、しっかりと子宮口へ亀頭をねじ込んだまま、大量の熱液を注ぎ込んでいった。

「ふはぁっ、ドピュドピュ感じりゅうぅっ、気持ちいいぃっ♥　もっろっ、あぁっ、ザー

汁もっろぉおっ！　ぴーしゅぅっ、ぴーしゅううっ♥」

紗良は発情しきった粘膜に新鮮な子種が染み渡る感触に、下品な咆哮をあげる。

改めて両手でピースサインを作り、その歓喜を壁向こうの男湯へ本気で伝えようと声をうわずらせている。

その浅ましい姿に、射精の勢いも増すばかりだ。

「あぁんっ、しゅてきぃっ、ふおっ、おほぉおぉっ、まだまだ熱いのくるぅっ、とってもいいろぉおぉっ！」

「はぁ、うあっ、好きなだけ感じなさいっ！　強制中出しアクメは肉オナホの特権ですからねぇ、くうぅっ！」

「イグぅっ、あぁっ、あひぃっ、オマンコ蕩けりゅぅぅっ♥　イグの止まらにゃい、ひぅあああぁっ、あぁあぁぁっ！」

紗良はビクビクと大きく全身を痙攣させて、長い絶頂に浸る。

その無様すぎるメスオナホの奥深くへ、俺は最後の一滴まで残すことなく、すべての白濁をぶちまけていった。

「くひっ、んはっ、あはぁ……っ、またいっぱい出してくれてぇ、ありがとうございましたぁ、はぁはぁ、はひぃ……ふぁああぁ……♥」

「ふぅ、ふぅ、どういたしまして。あなたも大満足のご様子ですね」

「はぁい、浮気マンコにたっぷり中出しされてぇ、あぁんっ、頭の中までトロトロでぇす……しゅごぉ……はぁはぁ、ぴーしゅぅ、ぴーしゅぅ……♥」

紗良はまだWピースサインを維持しながら、全身を小刻みに痙攣させていた。

まだまだ鎮まる気配のない絶頂の余韻が全身を駆け巡っているのだろう。

「はぁ、はぁ、ほら、男湯の彼氏に伝えたいことがありますよね？」

「あはぁっ、あなたがのんきにお風呂しているあいだぁ、い～っぱいおじさまに種つけされちゃったぁ♥　い、いまもイキっぱなしで凄いのぉっ、あぁん、イッてるっ、イッてるオマンコぉおおぉっ！」

これでもかと歓喜のメス鳴きを響かせている。

……でも普段の姿とは懸け離れたマゾメス声なので、例の鈍い彼氏ではまた気づかないんじゃないだろうか。

(寝取られ男が鈍感すぎるのも、なかなか難しいものだな……あははっ！)

まあ、ネタばらしなんていつでもできる。

気づかないなら、その間、こうして秘密の遊びを繰り返し楽しむだけだ。

四章　金髪爆乳ＪＤのアナル処女喪失！

――あのあと、混浴温泉でもう少し粘って楽しんでみたのだが、あいにくと観客がきてくれることはなかった。

（まあ、見せつけて遊ぶのは、また昼間のビーチでも楽しめるさ）

俺はそう気持ちを切り替え――夜、部屋でじっくりと楽しめる遊びを満喫することに決めて、腰が抜けてしまった紗良を抱きかかえるようにして自室へ連れ込んだ。

……まあ、それでも露出遊びへの名残を捨てきれず、ちょっとした『冒険』を楽しんだわけだが。

「……はぁ、ドキドキしましたぁ。おじさまったら裸のまま部屋までいこうなんて言うんですもん♥」

部屋へ入るなり、一糸纏（まと）わぬ姿の紗良はへたり込み、軽く蕩けたようなメス顔で俺を見あげてきた。

「ふふふ、ここまで誰ともすれ違わなかったのは残念でしたね」

「はぁい♪　見つかったときはちゃんと私はおじさま専用肉オナホでぇ、今度はお部屋で朝までハメハメしてもらえるんですって自己紹介するつもりだったのに♪」

紗良は媚びるような目で俺を見つめ、足にすり寄ってくる。

その視線はいまだに萎えることがない俺の股間へ向けられていて、まだまだ秘所の疼きが鎮まっていないことを俺へはっきり伝えてきていた。

「くくっ、まあ、見つからなかったのは残念ですが、露出散歩の気分は思う存分味わえたでしょう？　旅館の中だけに、人の気配はあちこちで感じられましたからね」

直接見られることはなかったが、廊下の曲がり角や近くの部屋の扉越しに、人の気配を感じることは数え切れないほどあった。

そのたびに背すじを震わせながら足をとめ、見られるかもしれないというスリルをお腹いっぱい楽しむことができたのだ。

「ええ、おかげでオマンコが乾くヒマがありませんでした……んぅっ、オマンコ丸出しで旅館の中を練り歩くなんて、見られたら、それだけでもう人生終わっちゃうかもしれないのにぃ……あはぁ……それが凄く興奮しちゃう……私、おじさまのオチンポで真性の淫乱ドマゾオナホにしてもらえたんだって、改めて実感できました♥」

「あなたならそうでしょうね。どれ、ちょっと確認させてもらいましょうか。さあ、立ちあがって……こちらにお尻を向けて、前屈みになりなさい。そのデカケツを自分の手で割り広げて、オマンコがよく見えるように」

「はぁ、はい……んっ、自分でオマンコをおじさまに差し出しちゃう、恥ずかしいポーズ……はふぅ、本当におじさまって、私がドキドキして気持ちよくなっちゃうこと、次々に思いつくんですね♥　素敵ですぅ♥」

俺がふと思いついて羞恥心（しゅうちしん）を煽るポーズを指定してやると、紗良はそんなスケベ心にすら称賛の言葉を返しつつ、いそいそと従う。

「あふぅ、あぁ……っ、ど、どうぞ、ご覧のとおりですぅ……♥　おじさま専用のマゾメスオナホの蕩けオマンコ、じっくり好きなだけ調べてくださぁい♪」

紗良の小さな手のひらでは掴み切れないデカケツをしっかりと割り広げ、

丸見えになった秘所をグイグイと俺のほうへ突き出してくる。

「とてもいい眺めです。このすべてが俺のモノかと思うと、とても誇らしいですね」

俺は思わず舌なめずりしながら、その魅惑の光景をじっくり堪能していく。

火照って淡く色づいた桜色の肌からは、淫らな期待感が滲み出ている。

大胆に広げられた尻房の割れ目。蜜裂もグッと大きく広がり、愛液で妖しく輝く小陰唇までよく見えた。

その少し上では小さく窄んだ肛門が、羞恥を訴えるようにヒクヒクと開閉を繰り返していて、興味を誘われる。

「んふっ、はぁはぁ、おじさまの視線、オマンコに感じてます……んんんっ、見られてるだけなのに、ジンジン疼いて……はぁはぁ、はひぃっ、あんんっ♥」

俺の視線を誘うように震える小陰唇の肉ビラからは、発情しすぎて早くも軽く白濁した愛液がポタポタと足下の畳に垂れていく。

部屋に発情したメスのにおいが濃密に広がり、その香りに誘われて勃起の勢いも自然と高まってきた。

（さて、このまま魅力的なムッチリエロ尻を抱き寄せて、激しく突きまくってあげるのも面白そうだけど……）

ただ突いて抜くだけという荒々しい遊びも悪くないのだが、今朝、この極上の金髪爆乳オナホＪＤと遊ぶため、お店でいろいろ仕入れてきたものが残っている。

どうせなら、それらもしっかりと有効活用していきたい。

（それに……さっきアナル舐めをさせたからかな。どうもこっちの穴のほうに視線が吸い寄せられるぞ）

綻び広がった膣裂の上側、小刻みに震える色素の薄い菊穴。

全身が男を悦ばせることに特化している、真性のド淫乱マゾメスオナホのアナルだ。

彼女ならば、きっとこちらの穴でも期待に応えてくれるだろう。

「あんぅっ、はぁはぁ、おじさま……どこを見ているんですか？　んぅっ、なんだか……オマンコじゃないような……はふぅっ、はぁはぁ」

視線に敏感な紗良が、股越しに俺を見つめて問いかけてくる。

「ははは、なかなか察しがいいようですね。なに、あなたのアナル……お尻の穴がどんな具合なのか興味が湧いてきたんですよ」

「はぁ、あふぅ、お、お尻の穴ですかぁ……？」

「ええ、オマンコの具合はもう十分確かめましたからね。少し気が早いとも思いますが、あなたならこちらの穴……アナルの快感にもすぐ目覚めてくれるでしょう」

俺は数歩歩み寄ると、早くも期待に皺をヒクつかせている尻穴を、指先でくすぐるように軽く刺激していく。

「ひゃうっ、んふううううっ♥ ふぁあっ、ふぁいいっ♥ もちろんですっ、あふぅ、私も肉オナホとしてぇ、すべておじさまのオチンポに捧げたいですぅ！ お尻の穴も使ってもらえるなんて……んふぅっ、あぁ、そう言っていただいただけで、嬉しくてぇ、あひいいいっ、はぁはぁ、アナル……ケツ穴、ジンジン疼いてきましたぁ‼」

震える声に合わせて、菊穴がそこに触れている俺の指を飲み込もうと言わんばかりに蠢き始めた。

熱感も自然と高まってきていて、伝わってくるじっとりとした温もりが、そこへ挿入したときの蕩けるような快感を容易く予想させてくれる。

「おお、これはなかなか楽しめそうな穴だ。くくっ、昨日、処女マンコを貫いたばかりのチンポで、こっちの処女……アナル処女も奪わせてもらいますよ」

「あぁん、感激です……っ！ 恥ずかしいけど、すべての穴を使われるなんて興奮してしまいます……っ♥」

俺がケツ穴処女を奪うと宣言した途端、紗良の呼吸が目に見えて荒くなってきた。

不浄の穴を性欲の対象にされるのは、マゾメスの感性としてはとても琴線に触れることだったらしい。

刺激されていない膣穴からも大量の愛液が滲み出てきて、このまましばらく見ているだけでも勝手に達してしまいそうだ。

「はぁ、はぁ、でもおじさまのチンポは立派すぎるから、あはぁ、いきなり入れられるとお尻の穴が壊れてしまうかもぉ……っ♥　んぅっ、オチンポで壊してもらえるのって、想像するとドキドキして……んくぅっ、あぁ、こ、壊してほしいかもって……思っちゃいます……はぁはぁ、はふぅ……♥」

「ははは、お尻が使い物にならないくらい壊されることを想像して、それでイキそうになっている？　まったく、真性のドマゾメスらしい。でも、まあ、さすがにいきなりぶち込んで裂けてしまうようなことがあると面白くない。俺は紗良を、末永くオナホとして使い続けたいですからね」

　使い捨ての穴ならば、そんな乱暴な扱い方も面白そうだが、じっくりと遊びたい相手となるとケアも考えなければいけない。

　俺はそう考えつつ、まずは蜜液塗れの割れ目を人差し指でゆっくりなぞっていく。

にちゅる……くっちゅっ、くちゅりぃ……にちゅぅっ……。

「ひゃうっ、あぁっ、んふううっ！　おじさま、そっちは……オマンコぉっ、はぁはぁ……んくうっ、くふぁあっ♥」

「ここにちょうどいい天然のローションがたっぷり溢れていますからね。これをしっかりと指に塗して……よし、これでいいでしょう」

　震える小陰唇を爪先で弾くように撫でていると、数往復で手首まで愛液が垂れてくるほど大量にすくい取ることができた。

俺はヌルヌルになった人差し指をゆっくりと滑らせ、刺激を待ちわびているアナルの入り口に突きつける。

「これだけ濡らせば、ほら……指くらいの太さのものなら、意外と簡単に……」

つぷぅっ……ぬっぽぉっ……ずぅちいいいっ！

「あぁんっ、あぁっあはぁ⁉　おじさまぁ、そこは汚いのにぃ♪　くぅ、あっ、あふぅ、ゆ、指がぁ♪　入ってくるぅっ、お尻の穴にぃっ、指、ズボズボきてまひゅううっ♥」

菊穴へ指を第二関節辺りまで挿入すると、紗良は大きなお尻をくねらせつつ、早くも歓喜の声を漏らした。

穴口はキュッと指を締めつけるように収縮し、期待どおりの敏感さを見せてくれる。

「ああ、期待どおり、ヌルヌルと蕩けるように熱くて気持ちよさそうな尻穴だ。この調子でじっくりとほぐして、無理なく俺のチンポを咥え込める穴に躾けてあげますよ」

俺はそう声をかけながら、挿入した指をゆっくりと左右へ捻っていく。

収縮する括約筋を少しずつ丁寧に解すマッサージだ。

「あふぅ、こ、これって落ち着かないですね、おじさまぁ、指を汚してしまったらごめんなさぁい……はぁはぁ、あんっ、あああっ！」

お嬢さまは少し申し訳ないように呟きながら、甘い声でマッサージに応えてくれる。

普通なら、もう少し息苦しさや異物感を訴えてきてもよさそうなものだが、さすがは天性のエロボディと言ったところか。

初めから、これだけ感じてくれているのなら、開発も容易い。

「いいですよ、気にせずに快楽に集中してください。お嬢さんがおとなしく身を任せてくれているから、力が余って肛門を爪で引っかいてしまうこともないですし、こっちも安心して解していけますよ」

「はぁはぁ、あふぅっ、はぁ、そう言ってもらえると嬉しいですけどぉっ、あひぃっ、でも……んぅっ、汚い穴でおじさまの指、汚してしまったらって思うとぉ……♥」

「ここにチンポを入れようとしているのですから、いまさらでしょう？　なに、いざとなったらお嬢さんがその口で舐めしゃぶって綺麗にしてくれたらいいんですよ」

「はぁい、悦んでぇ♥　それなら安心ですねっ、はぁ、んんぅ、指でもチンポでもお任せくださぁい！」

俺が冗談っぽく言ったことを真に受け、それで罪悪感も軽減されたようだ。

羞恥心も影響してか、少し締まりが強すぎる感があった肛門も、急速に解れて柔らかくなってきた。

にちゅっ……ずちゅぅっ、ぐぽぉっ、ぐっぽぃっ……。

「ふぅ、んく、な、なんだか不思議な感じがしますぅ、あぁん、とっても落ち着きません……はぁはぁ、疼いて……はへぇっ、あぁっ、もっと……もっとこすって……引っかいてほしくなって……はひっ、んぅっ、んっくうっ、はううぅっ♥」

声に合わせて卑猥にめくれ、薄桃色の内側がチラチラと覗き見える。

予想以上に艶めかしい弾力性を帯びていく括約筋の感触は、かなりの期待感が持てる。

いまから肛辱するのが楽しみで仕方がない。

「どうですか？　それが、本当は排泄するための穴が、チンポに媚びてしごくためのエロ穴に変えられていく証なんですよ？」

「んんぅ、私、ますます普通の人間には戻れない身体になってしまうんですね、あはぁ、興奮しちゃうぅ……っ！　それ……とっても興奮しますぅっ♥」

紗良はどんどん男に媚びて尽くすためだけのオナホとして変えられていく自分に、目を細めて酔いしれている。

そんな彼女の思いを映し出すように、ぼってりと肉厚な菊穴も柔らかく緩み、指では物足りないと言わんばかりに蠢き始めていた。

「どれどれ、これならもっと太いものを入れても大丈夫そうですね」

指を引き抜き、それでも尚、小さく口を開けたままになっている肛門を覗き込み、満足してうなずく。

「はぁはぁ、い、入れられちゃうんですね、オチンポ……はふっ、はぁはぁ、お尻の穴もオマンコみたいにズボズボ……んくぅっ、はぁはぁ、んんんっ♥」

紗良は早くも挿入を期待し、大きく背すじを踊らせた。

その気持ちを表すように菊穴の痙攣も激しさを増し、膣口から溢れてくる愛液の量も増えてくる。

ここまで期待されると、お望みどおりすぐにでもぶち込みたくなるが――。

「まあ、そう焦らないでください。お嬢さんと楽しむために、いろいろと用意した品物があるんでね。どうせなら、それを使ってもう少し時間をかけて準備しましょう」

こうしてアナルを弄ぶときに、ちょうどいいグッズも買いそろえてある。

俺は部屋の隅にまとめてあったグッズを漁り、その中のひとつを取り出した。

「それ……んっ……なんですか？　あの……まるで……その……ブタの尻尾……？」

「ええ、そのとおりですよ。お嬢さんみたいな淫らなメスブタには、これがよく似合うと思いましてね。ただの尻尾じゃありません。ほら、こっち……反対側は、プラグになっていましてね。こうして……お尻の穴にぶち込んで、慣らすにはちょうどいいんです！」

俺は取り出したプラグつきのブタ尻尾オモチャを見せつけたあと、それを解れた尻穴へゆっくりと沈めていった。

ぬっぽぉっ……ぬりゅううっ、ぬっちゅるうううううっ！

「ふあっ、あぁんっ！　ウソぉ……はぁはぁ、ヌルッと簡単に入っちゃいましたぁ♥　あはぁ、恥ずかしいぃ……っ！」

「うん、とてもよく似合ってます。浅ましくチンポに媚びまくるメスブタが、本物のブタみたいになりましたね」

プラグは根元までしっかり菊穴に埋まり、お尻からブタのようなねじれた尻尾が生えたように見える。

紗良の大きなお尻には、思っていた以上によく似合う装飾だ。

「んぅっ、はぁはぁ、あぁ……指と違って硬くて、太くて……はふぅっ、お尻、ゴリゴリこすられるみたいな……んくっ、はぁ、くふぁああっ」

さすがにこのプラグは異物感が強いらしく、紗良の息が荒く切れてきた。

だが、それでも気持ちよさそうに頬が緩んでいるのだから、もう彼女の尻穴は排泄器官ではなく、立派な性器になりつつあるのは間違いない。

「さて、それじゃあ慣れるまでは少しこのまま入れておいて、アナルを調教しましょう」

「あふぅ、はぁはぁ、あんっ♥　お尻の穴を調教なんてぇ……いいですね、その言葉の響きだけで、とってもドキドキしますぅ……っ！」

紗良は、肛門への異物挿入というシチュエーションにも大興奮だ。

育ちのいいお嬢さまが、随分と変態行為に染まったものだと、それを施している張本人のくせに少々呆れてしまう。

「くくっ、それだけ気に入ったのなら、もっともっと変態的な、興奮するシチュエーションを味わわせてあげたくなりますね。さてさて……」

それにはどんな趣向がいいだろうか。

少し思案した結果——我ながら、素晴らしい案を思いついた。

「紗良、一度服を着てください。あなたはそのまま、一端彼氏の元に戻ってもらうとしましょうか」

「はぁはぁ、か、彼氏のところに？　こんなお尻が落ち着かない状態のままで……？　本当にやるんですか、おじさま？」

さすがにこの命令は想像していなかったらしく、紗良は驚いたように目を見開いた。

だが、そんな反応が俺の加虐心をさらに煽ってくれる。

「ええ、戻って普通に小一時間くらいお喋りでもしてきてくださいよ。自分の彼女がザー汁処理用にアナルを調教中だと気づくかどうか、実験してみましょう」

「あはぁ、わかりましたぁ♥　あの人に私を押し倒す気骨なんてないから、たぶんバレないと思いますけど♪」

これも一種の焦らしプレイだ。

お嬢さんと彼氏が恋人らしくイチャイチャすればするほど、あとの本番が盛り上がることだろう。

まあ、バレたらバレたで、それも美味しい展開になる。

それがこのマゾメスのいいところだ。

「それじゃあ、俺はこの部屋で待っている。くくっ、どんな展開になるか、期待していますからね」

「はぁい♥　んぅっ、はぁはぁ、おじさまにいい報告ができるように……くはっ、はぁ、はんんっ……頑張ってきますぅ♥」

紗良はニヤつきながら見守る俺の前で、お尻の異物感に甘い吐息をこぼしつつ、いそいそと身支度を整え始めた――。


さて、どんな結果になるだろう。

あれこれと想像しながら、待つこと小一時間。

「お待たせしました、おじさまぁ♪」

戻ってきた紗良は、もう限界と言わんばかりに部屋の入り口で身につけていた浴衣を脱ぎ捨ててしまう。

「くくっ、挨拶もそこそこに素っ裸になるとは……身体が火照って仕方がなかったようですね？」

「はいっ♥　見てください、ちゃんと入れっぱなしのまま、彼とお喋りしてきました」

紗良は俺の前に立ち、部屋を出ていく前と同じようにこちらへ尻を突き出してくる。

自らの手で割り広げられた尻の谷間、部屋を出る前よりも充血して赤く染まっている肛門には、俺の手で挿入したブタ尻尾風のプラグがまだしっかり埋まったままだ。

「なるほど、そのまま彼氏とお喋りをしてどうでした？　息が荒かったり、顔が赤くなったりくらいはしたでしょう？」

答えは想像つくが、それでも一応尋ねてみる。

すると、股越しにこちらを見ていた紗良が、呆れ顔で苦笑を浮かべた。

「やっぱりあの人は、私がお尻の穴にイヤらしい調教を受けていることにちっとも気つきませんでした♪」

「あははは っ、まあそうだと思いましたけどねぇ。なるほど。やはり童貞は悲しい生き物ですね。彼女がこんなに発情してるというのに」

「あ、でも、私とヤリたそうな雰囲気は出てましたよ」

「ほほう？」

人畜無害な草食動物な彼氏にも。多少はオスの本能があったことに興味を引かれた。

いったいなにがトリガーになったんだ？

「男湯まで私のメス鳴きがちゃんと届いていたみたいで、会ったときから珍しくムラムラしていたみたいなんです」

かったらしい。

「なるほど、本当にぁのとき男湯にいたんですね」

それでも俺の想像どおり、下品すぎるメス声の主が自分の彼女だということは気づけなかったらしい。

そこが、哀れな草食動物系寝取られ男の限界というものだ。

「それで……んぅっ、珍しく私と距離を詰めようとしてきたんですけど……ふふっ、気づかないふりをして断ってやりましたぁ♥」

紗良は俺を悦ばせようとしているのか、誇らしげな笑みで言葉を続ける。

「肩に手を回そうとしてきたのは避けましたし、このあと、一緒に旅館のバーで少しお酒を飲もうという誘いも興味ないって断りましたし……ふふっ、珍しくいい雰囲気を作ろうと頑張っていたのに、全部肩すかし♥　さすがに別れ際、少し落ち込んでました♥」

「それはそうでしょうね。勇気を出して彼女に迫ってみたら、とりつく島もなく冷たい対応をされたんですから。はは、悪い彼女ですねぇ？」

「んふふ、だって私はおじさまのオナホですしぃ♥　他の男に触れられるなんて、もう気持ち悪くて耐えられませんっ♥」

紗良はそう言うと、もう待ちきれないと言わんばかりにお尻を左右に振り始めた。

「ははは、まったく可愛いお嬢さんですね。それで？　そんなふうにみっともなくお尻を振ってどうしました？　ご褒美に、なにかしてほしいことがあるなら、俺のメスオナホらしく遠慮なく、下品におねだりしてみなさい」

本心ではこちらから襲いかかってやりたい気分だが、そこをグッと堪え、紗良の卑猥なおねだりを促す。

「はぁ、はいっ♥　見てくださいぃ、おじさまぁ……私のお尻の穴、一時間、ずっと硬いプラグ埋まったまま我慢していたんでぇ……んふぅっ、もう、ご覧のとおりですぅっ！」

紗良の切なげな声に合わせ、肛門に咥え込んだブタ尻尾がピコピコと揺れる。

より強い刺激を求めて疼く括約筋が、ひっきりなしに収縮を繰り返しているのだろう。

「オマンコまで疼いて、マン汁垂れ流しになってるんですぅ……はぁはぁ、早く……チンポぉっ、本物のオチンポで、私のアナル処女、ケツマンコ処女奪ってください！　お尻の穴も、おじさま専用のオナホ穴として躾けてほしいんですっ！」

「よっぽど楽しみだったようですね。確かに、ケツ穴がとてもエロいことになってます。見ているだけで、俺もチンポギンギンですよ」

「あふぅ、そ、それじゃ……っ、あぁん、お願いしますぅ♥　ぶっといオチンポ、元気なオチンポでぇ、私のケツ穴、おじさまのオナホにしてくださいぃっ♥」

「ええ、約束どおりご褒美のチンポをあげますよ。でも……そうなると、そのアナルプラグが邪魔になりますね」

俺はいきり立つ肉棒を取り出し、紗良へ見せつけるようにゆっくりとしごきつつ、わざとらしい口調で問いかける。

「は、はい、んふぅ、ど、どうか紗良のお尻を虐めてるイヤらしい栓を抜いてください、んふっ、はぁはぁ……♥」

紗良は興奮しきった声は待ちきれない様子を露骨に出し、大胆に尻房を振っておねだりしてくる。

だが、巨乳美人にこんな媚びた姿を見せられたら、もっともっと辱めてやりたくなるというものだ。

「オナホなら、準備にご主人さまの手を煩わせるような真似をしてはいけませんね。その栓は自分でひり出してください。大きいのを排泄する要領ですよ」

「はぁ、はぁ、わかりましたぁ♪　あぁん、でも、もし栓と一緒にお漏らししてしまったら……おじさまの前で……そんなぁ……あぁっ♥」

「それがなにか？　俺は一向に気にしません。それともお嬢さんは、まだ自分が人間のつもりなんですか？」

最低の決壊を不安がる紗良へ、俺は一切の容赦なく問いかける。

その冷たい声にマゾ心を刺激されたのだろう、紗良は軽く達したように大きく腰を浮かせて、すぐさまうっとりとした顔で答えてきた。

「いいえっ、紗良は卑しい肉便器ですぅ♥　むしろ死にたいくらい恥ずかしい目に遭うのはご褒美ですっ！　だからぁ……んふぅ、はぁはぁ、あふぅ、おじさまのご命令どおり、あぁん、ちゃんと自分で栓をひり出しますぅっ♥」

お嬢さんの下腹部に力がこもり、大きな尻たぶも小刻みに震え出す。

「ふぐぅっ、んんっ、くぅうっ、んはっ、ぐうぅっ、むぐぅっ！」

「おおっ、肛門が盛り上がってイソギンチャクみたいですっ、その調子ですっ、お嬢さんがんばってっ！」

「は、はいっ、むぐぅ、ふぐぐっ、んんっ、ぐむむぅううぅっ！」

ぶっぽぉっ、ぶびぃいいいっ！

「んひぃいぃっ！　くはぁっ、やだぁ、凄い勢いでアナルプラグがシュポンッ！　ってぇ……はひぃっ、で、出て……おっほぉっ♥」

豪快にアナルプラグをひり出した紗良は、羞恥と刺激に顔を真っ赤に染めながら、悶絶の叫びをあげた。

「ははは、やりましたねっ、これはもう芸の領域ですよっ」

栓を失った肛門は閉じる気配がない。パックリと大きな口を開いたままだった。

赤く充血した腸壁が丸見えだ。肛門と粘膜が息づくようにヒクヒクと蠢き続ける様はあまりにも淫靡極まりない。

「はぁ、あふぅ、これがおじさまに調教してもらえた紗良のお尻の穴ですぅっ！　オチンポぶちこまれてぇ、シコシコしごくための穴っ♥　オナホ穴になったケツマンコ、どうか好きなだけチンポの性欲処理穴に使ってやってくださぁい♪」

「ええ、ではいよいよ持って俺も楽しませてもらいましょうっ！」

俺に言われるまま、上品なお嬢さまと思えない卑猥なおねだりを言ってのけた紗良の姿に昂ぶりつつ、硬く反り返った怒張の先端を菊穴へあてがう。

焼けるように熱く火照った肛門と亀頭の密着感を少し楽しむや否や、そのまま一気に体重をかけてつけ根までねじ込んでいく。

みっちぃいいいいいいいいっ、ずりゅぅっ、ずっぷうううっ、ずぼぼぼっ！

「きひいぃっ、んほぉおおぉぉっ、イグイグイグゥううぅぅっ！」

「うおぉおぉっ、いきなりチンポが揉みくちゃですっ、くうぅっ、素晴らしい歓迎っぷりですよっ」

強烈な入り口の締めつけを竿の根元に感じつつ、派手に震える紗良を見下ろす。

「くはぁっ、はぁ、あはぁん、雷が落ちたみたいなショックでしたぁ、あぁん、チンポぉ凄ぉい……っ！　しゅごいれすぅ……はぁはぁ、はひぃっ♥」

まさか挿入しただけで絶頂するとは思わなかった。

どうやら彼女はアナルの素質も特級レベルのようだ。

「う～ん、実に素晴らしいっ！　こうして深くぶち込んでジッとしているだけでも、チンポが気持ちよく圧迫されて……理想のオナホ穴だっ」

「はぁ、はぁ、わ、私もですぅっ、串刺しにされて、あぁん、て、手足に力が入りませぇん♥ はぁ、はひっ、あんっ、はぁはぁっ♥」

紗良が嬉しそうに答える声に合わせ、穴口が、そして腸壁までもが熱く収縮する。

「ははっ、チンポの気持ちいい場所へ的確に媚びてくる穴だ！ おまけに感度もマンコ並とは……まったく、紗良は理想のメスオナホだ」

「はぁ、はひぃっ、私、嬉しいですぅっ♥ お尻の穴ぁ、ケツマンコもおじさまのオナホになれて……おっほぉっ、はぁはぁ、ケツマンでもすぐイッちゃうぅっ、おじさま好みのド変態オナホれすぅっ、はぁはぁ、はひぃっ♥」

紗良は肛腔で絶頂できたことがとても誇らしげだった。

肉オナホとしての自覚が、心の底まで根づいている証だろう。

「この馴染み具合なら、もう様子見は不要ですね。遠慮なく、最初から本気で犯してやるとしましょうか！」

「あぁん、嬉しい、嬉しいですっ♥ いっぱい犯してっ、おじさまのザー汁いっぱい吐き捨ててぇっ！」

狂おしく叫ぶ紗良の淫らな懇願に応えるように、大きく腰を打ちつけていく。

ずっちいいいいっ、ずりゅううっ、ずっぽずっぽぉっ、ぬちゅるっ、ぐっぽぉお！

「あひっ、おぉおんっ、凄いぃっ、お尻っ、深いのぉっ、苦しいのが気持ちいいですっ、あぁぁっ！」

「ふぅ、くうぅ、イヤらしい快感と便意がごちゃ混ぜになって、気が狂いそうでたまらないでしょう？」

「あぁっ、は、はいぃっ♥　くぐぅっ、オマンコと全然違いますっ、お腹の中、グリグリかき混ぜられてぇ、息苦しくて気持ちいいのぉっ、ふ、不思議な感覚でぇ、おっほぉっ、恥ずかしい声、とまらない……んひぃっ、おぅっ、んっほおおおっ♥」

尻穴を捲るように荒々しく出入りする怒張の動きに合わせ、紗良はまるで獣のように乱れた喘ぎをこぼす。

背徳的な苦痛のスパイスもアナルセックスの醍醐味だ。

紗良もさっそく虜になってしまったようで、ネットリとした締めつけで肉棒を堪能している。

「くうぅ、んあっ、ぐひぃっ、お尻が焼けてぇ、疼いてぇ……んほぉっ、おおお！　こんな感覚初めてぇ♥　いいっ、あぁっ、もっとぉっ！」

「はぁ、うっく、そりゃ平気でチンポの相手ができる時点でもう別物ですからねっ！」

肉棒を呑み込んだ肛門は皺がなくなるほど大きく拡張されていた。

さらに抽送するたびに肉棒に引きずられて盛り上がったり引っ込んだりしている。

「あぁっ、あはぁっ、幸せぇっ♥ 頭おかしくなるくらい気持ちいいっ、カリ高勃起チンポ大好きぃっ！」

「くぅっ、お嬢さんのお尻はもう完全にマンコ、ケツマンコですっ！ チンポしごき穴にふさわしい名前でしょう？」

「あひっ、あぁんっ、わかりましたぁっ、紗良のケツマンコっ、あぁんっ、ケツマンコですぅっ！ 嬉しいぃっ、おじさま専用のぉ、ドマゾケツマンコれすぅっ♥」

「いいですよっ、その調子ですっ！ ふぅ、ふぅ、お嬢さんはアナルも間違いなく名器ですっ。くううっ、チンポが蕩けそうだっ」

質のいいゴムのような括約筋が、ペニスの根元をを食いちぎりそうなほど狂おしく圧迫してきている。

直腸奥の結腸も抽送の動きに合わせてカリ首を的確に刺激していた。

膣内ともまた違う、独特の悦楽を楽しませてくれる。

「あぁっ、あぁっ、チンポ暴れてるぅっ♥ 凄いぃっ、もっと突いてぇっ、おじさま、素敵ぃ、あぁんっ！ はぁはぁ、はひっ、くっふぁああっ♥」

「おおおっ、いいですよ！ アナルも積極的にザー汁をしぼり取ろうとしてきて……くうううっ、まさに最高の肉オナホだ‼」

「はぁはぁ、あひぃっ、うれしいっ、これから毎日ケツマンコでチンポしごきしますっ、あひっ、あぁっ♥」

「おや、じゃあ、マンコでは毎日しごいてくれないのかな？」

「あぁんっ、もちろんオマンコでもご奉仕ですっ、孕みマンコとケツマンコで肉便器しますぅっ♥　口もぉっ、おっぱいもぉっ、全部、全部、私の身体全部でぇ、毎日、おじさまにご奉仕させてくださいっ♥　オナホとして使ってくださいっ♥」

ちょっとからかってやると、すぐさま全力で媚び甘えてくる。

俺というオスに身も心も屈服したマゾメスの姿が、射精を促してくれる。

たまらなく興奮する。

いくらでも中出ししてやりたい。

こんな従順で愛らしい肉オナホなどなかなか見つからないと、心の底から思う。

「はぁ、はぁ、それではそろそろ、初体験アナル中出しといきましょうか！」

「ひぃっ、ひぃっ、素敵ぃっ、嬉しいですぅっ♥　あぁんっ、くださいっ、ケツマンコに特濃ザー汁ぅっ♥　びゅるびゅる出してくださいっ♥」

ここぞとばかりに中出し乞いの嬌声を響かせた。

俺も心地よくラストスパートをかける。

ずちゅうっ、みっちみっちぃっ、ぬちゅるっ、ぐっぽおおおっ！

「うおぉおぉっ、くうぅっ、火照った腸管がチンポと一体化してしまいそうですよっ！」

「くはっ、んぎぃっ、激しいっ、紗良のケツ穴裏返るぅっ、引きずり出されるっ、もっと犯してぇっ♥」

紗良のデカ尻へ腰を打ち付けるように、激しく、深々とペニスを突き立てていく。

すでにずっと締まりっぱなしの肛門に幹竿が熱くしごかれ、その摩擦快感で俺は本格的に昇り詰めていった。

「おおおっ、いいぞっ！　お嬢さんのケツマンコでしごかれて、思い切りザー汁出してぁげますからねっ！　さあ、覚悟はいいですかっ‼」

俺はそう宣言するや否や、吐精のために思い切りペニスを突き立てていく。

ずっちゅうううううううううっ！　ずぼぼぼぼっ‼

「ひぎぃっ⁉　こぉ、壊れりゅうぅっ♥　ケツあにゃぁっ、いいっ、もっろっ、もっとぉおじさまのオチンポで躾けてくだしゃいいいっ♥　あぁっ、あっ、あぁぁっ！　キンタマたっぷり子種らしてぇっ、くりゅうっ、チンポぉっ、ケツマンコにっ、ふおっ、おほぉおおおおぉっ！　くりゅっ、くりゅううううっ‼」

どっぷうううううっ、びゅるるるっ、びゅびゅびゅっ、びゅううう！

「イグイグゥっ、おぐぅっ、深いぃっ、熱いのたっぷりぃっ、大しゅきぃっ、あっ、あぁっ！　おふぅっ、おおおおっ、くりゅっ、まだくりゅのぉおおおっ♥」

「ぐぅっ、くはっ、どうですっ、痺れるでしょうっ、まったく美味そうにヒクヒクさせおおおぉっ！」

「いいぃいっ、特濃ザー汁感じりゅろぉおぉっ、ケツマンコあちゅいっ、イグぅっ、おほぉてイヤらしいっ！」

ケダモノめいた卑しいアクメ声が響き渡る。

膣腔のように行き止まりがないので、いくらでも腸管が精液を呑み込んでいく。

俺は自身でも初めて味わうケツ穴射精の快感に酔いしれてしまう。

「しゅごいぃいっ、お腹蕩けりゅぅっ♥　いいっ、もっとザー汁ぅっ、あひっ、イキまくりいぃいいっ！　はへぇ、おっほぉっ、んっほおおおっ♥」

「はぁっ、どうです最高でしょうっ、生チンポのザー汁浣腸ですよっ、くはぁっ！」

新鮮な精液が奥深くへぶちまけられるたびに、肛腔が反応してグルグルと低いうなり声をあげる。

強烈な便意と極上の絶頂感の挟み撃ちにあって、マゾメスの性感はさぞや至福のひときだろう。

「ふおぉおぉっ、ケツマンコぉおおぉっ、いいっ、またイグぅっ、んひっ、ザー汁気持ぢいいろおぉっ！　んはぁ、はぁ、はひっ、お、おじしゃまぁ、いっぱ中出しぃ、んっく、ありがとうごまいましゅぅ……っ！」

「ぷふぅ、いえいいえ、どういたしまして。うっく、俺もこんな気持ちいいアナルセックス

なんて初めてですよ」

複雑な細かいヒダがある膣壁に比べて、腸壁はツルツルしているので抽送による刺激に差異が現れる。

しかし、彼女の肛腔は極上の二段締めをもって甲乙つけがたい肉便器と化していた。

「あはぁ、こんな妖しい快感を知ってしまったら、んぅ、ますます人間に戻れなくなりましゅぅ……っ！」

「ははは、戻るつもりなんてこれっぽっちもないのに？」

「んふふぅ、はぁい、紗良は一生おじしゃまの肉便器でぇす♥　はぁ、あぁん、まだケツマンコあちゅいぃ♪」

「たっぷり特濃のザー汁が詰まってますからね。さて……それじゃあ、俺がどれだけ出したか、見せてもらえますか？」

「はぁ、はぁ、任せてください……っ、ではチンポを抜いてくださいっ、いっぱいヒリ出して見せまぁす♪」

アナルプラグでの経験がさっそく生きているようだ。

ゆっくりとペニスを引き抜き、数歩離れた場所で様子を見守る。

「ふぅ、んく、むぐっ、んぎぃいぃっ、お、おじしゃまぁっ、いまですっ、ぐっ、おおおぉおっ！」

嬉々としていきみ始めた紗良の声が、大きく跳ねあがった瞬間。

ぶっびゅううっ、びゅびゅぅっ、びゅりゅううっ、ぶびゅびゅっ！

「きひぃいぃっ！　見て見てぇっ、紗良のケツマンコザー汁噴水芸なのぉおぉぉっ！」

無様すぎる破裂音を響かせながら、ぽっかり開いたケツ穴から注がれたばかりの白濁が盛大に噴射された。

「ははは、これは凄いっ、なんて下品で汚らしい水芸なんでしょうっ、最高ですよお嬢さんっ！」

俺が絶賛するとお嬢さんは蕩けたまま得意顔になる。

「あぁん、まだ出るぅっ、それもこれもぜぇんぶおじさまのおかげでぇす……っ！　はぁはぁ、ひぃ、くはっ、処女アナルを肉便器にしてもらえてぇ、紗良は幸せ者ですっ、ザー汁処理だぁい好きぃっ♥」

お嬢さんは精液を肛門から吹き出すたびに、絶頂を繰り返していた。

おかげで淫らなアヘ顔で幸せそうに肛姦の礼を述べる彼女の噴水芸は、まだまだしばらく終わりそうになかった。

（まったく、どこまでも俺好みに開花してくれたものだ）

際限なくマゾオナホとして堕ちていくその姿に、俺は改めてこの理想のメスを手放したくない、永遠に独占し続けたいという欲望をふくらませるのだった――。

五章　金髪爆乳ＪＤ、隷属種つけ

こうして紗良の穴という穴をオナホとして躾けている間に、もう慰安旅行の帰宅日も翌日に迫ってきていた。

（そろそろ仕上げに取りかからないとな……）

もう旅行中、適当に遊んで使い捨てにして終わらせるつもりなどない。

手に入れた極上のＪＤオナホを、今後も末永く使いまくってやりたいと思う。

「おじさまは、いつまでこちらにいらっしゃるんですか？　私、本当は今日、帰宅する予定日なんですけど……ご迷惑でなければ、延泊しておじさまのお傍にいさせていただいてもよろしいですか？」

いつものように彼氏の目を盗んで砂浜に呼び出した紗良が、顔を合わせるなりそんなふうに伺いを立ててきた。

「俺は明日までなんですけど……ふむ、それならばちょうどいいな」

俺はしばし思案し、今夜、この旅行の最終日を盛り上げるのに相応しい企画を行うことに決めた。

「まずは、邪魔な彼氏を追い返すことからですね。お嬢さん、一度戻って彼氏と合流してから……」

俺は手早く頭の中で計画を練り、期待に目を輝かせている紗良へ命じていく。

「……はいっ、わかりました♥　すべておじさまのお望みどおりにっ♥」

すぐさま笑顔で受け入れてくれた紗良に、俺も満面の笑みで返す。

「では、俺は手短に買い物を終えたら、旅館のロビーで様子をうかがっていますから。怪しまれないように、上手に頼みますよ」

「ふふ、お任せください♥　あんな鈍感な男を誤魔化すなんて、簡単ですし」

自信満々に答える紗良を見て、実際、そうだろうなと俺も苦笑するしかなかった。


――それから数時間後の昼下がり。

買い出しを終え、旅館のロビーで優雅にコーヒーを飲んで待っていた俺の視線の先に、紗良が大荷物を背負った彼氏と一緒に現われた。

「ふぅ、なんかあっという間の旅行だったね。できれば、もう少し長くスケジュールを確保しておくんだった。その……紗良さん、いろいろ忙しかったみたいで……あまり一緒にいられなかったしね」

「うん。いろいろ重なっちゃって……帰りも一緒じゃなくてごめんなさいね」

名残惜しそうな彼氏へ、紗良は眉ひとつ動かさずに淡々と答えている。

見ているだけで彼氏が気の毒になりそうな塩対応だ。

「い、いいんだよ、紗良さんは家の都合でいろいろ忙しいだろうし。ほら、夏休みはまだまだあるしさ。戻って時間できたら、また連絡ほしいな！　いろいろと楽しい企画考えてるんだ。その……うん……いろいろ……」

彼氏のほうはそれでも心が折れることなく、必死に紗良の機嫌を取ろうとしている。

その合間にちらりと紗良の爆乳を見ては、すぐ頬を赤くして視線を逸らしてしまうところが、実に草食系らしい仕草だ。

それでも夏休みの間、どうにか紗良と深い関係になろうとタイミングを計っているのがうかがえる。

……まあ、紗良のほうはそんな思惑を見抜いているのか、彼氏に気づかれぬよう、不機嫌をあらわに舌打ちしていたりするのだが。

「じゃあ、私は用事があるから。帰り、気をつけてね」

「う、うん……じゃあ、また地元で！　紗良さんもひとりで気をつけてね。その……何日か前に砂浜で痴漢っぽいおじさんに絡まれたり、いろいろあっただろう？　あんなことがもうないように、くれぐれも……」

「っ、それは……！　……大丈夫。気にしないで」

俺のことを持ち出された紗良が、一瞬、怒りに顔を強張らせた。

そのまま彼氏を怒鳴りつけそうになっていたのだが、俺が慌てて目配せで我慢するように合図し、どうにか誤魔化すことができた。

気遣っていた恋人を激怒させていたと気づくこともなく、彼氏のほうは旅館の玄関を出ていく。

（ふぅ、危ない。せっかくの準備が無駄になるところだった）

無事に邪魔者を追い返すことができて、ホッと安堵の息を吐いた。

鈍感な草食系彼氏へのネタばらしを、こんなところでやってしまっては面白くもなんともない。

それをもっとも盛り上げるための支度を、ちゃんと整えてきたのだから。

「……んっ……おじさま……♥」

無事に彼氏を追い返す務めを終えた紗良が、小走りでこちらに近づいてくる。

その瞳はこれから行われる秘事への期待にうっとりと潤み、白肌も昂ぶって淡い桜色に染まりつつあった。

「気が早いお嬢さんだ。発情するのは、せめて部屋へ戻るまでは我慢してほしいな」

「ごめんなさい♥　でも、おじさまがなにをしてくださるのか楽しみで仕方がなくて、もう……んぅっ……オマンコ……蕩け切ってぇ、子宮も疼きっ放しなんですっ♥」

紗良は悩ましく揺れる爆乳を俺の腕へ押しつけるようにすり寄り、耳元でこちらを煽るようなことを囁きかけてくる。

数日前まで純潔を守り続けていたお嬢さまが、どこまでも淫らに、下品に、そして俺好みのオナホに堕ちきったものだと思う。

「いいでしょう、部屋へいきましょうか。お嬢さん、いまのあなたに……どこまでも淫らでド変態なマゾブタオナホに相応しい儀式を、ひと晩かけてじっくり行いましょう」

「は、はいっ♥　んぅっ、あぁ、なにをされちゃうんだろう、私……♥」

嬉しそうに腕へしがみついてくる紗良を引き連れ、俺も思わず頬が緩んでしまいそうな高揚感を楽しみつつ、部屋へ向かって歩き出した――。

「さて、撮影の準備はOK……ちゃんと撮れているな」

部屋の中、俺は近所の家電量販店で仕入れてきたデジカメを設置し、映像も音声もしっかり撮れていることを確認してから大きくうなずいた。

「は、はいっ、それでは……っ」

傍らでその支度が整うのを待っていた紗良は、まるで尻尾を振ってじゃれついてくる子犬のような勢いで、すぐさまレンズの前に立つ。

「んぅっ、おじさま、どうすればいいですか？　はぁはぁ、服、もう全部脱いでしまってもいいですよね？　メスオナホがご主人さまの前でいつまでも服を着てるなんて、生意気で偉そうなことですしっ♥　全身、すぐにでも使ってもらえるよう、乳マンコもオマンコもケツマンコも丸出しにしていいですか？」

「ははっ、なかなかいい心だけだ。どうぞ、ご自由に脱いでください」

俺が半分呆れつつ許しを出すと、紗良は慌ただしく服を脱ぎ捨て、その淫らな肢体を惜しげもなくカメラの前に晒した。

「準備できました♥　んぅっ、あぁ、見てください！　これからされることを説明してもらったときから、もうずっとオマンコ疼いてぇ……あふぅ、マン汁垂れ流しぃ、ふとももまでベトベトなんですぅっ♥」

紗良が軽く脚を広げて訴えてくるとおり、秘裂から溢れ出てくる蜜汁がむっちりとしたふとももを伝って垂れ落ちてきている。

その独特の甘酸っぱい香りが早くも部屋中に漂い、俺の気分を盛り上げてくれた。

「はは、心も身体も大はしゃぎですね。俺は、我ながらなかなか悪趣味なことを提案したつもりだったんですがねぇ」

「悪趣味なんてとんでもない、凄く素敵なことですっ！　だって……結局、旅行が終わるまでなにも気づけなかった彼へ、決定的なお別れ動画を送りつけるなんて……んぅっ、そんなの、酷い……酷くて、変態でぇ、私みたいな淫乱ドマゾメスには、最高すぎるご褒美ですよぉっ、はぁはぁ、んふぅっ♥」

　紗良がデカ尻をくねらせて訴えてくるとおり、これから撮影する動画は、先ほどひとり寂しく帰路へついた草食系の彼氏くんへ送りつけるつもりだ。

　これまで紗良の身になにがあったのか、包み隠さずすべてビデオカメラの前で暴露させてしまえば、さすがの鈍感男も現実に気づくだろう。

（もっと早く気づいてくれていれば、ここまで手酷い『お別れ』を演出しようとまでは思わなかったんだけどな）

　俺はこれから行われることを見せつけられる彼氏へ少々同情しながらも、手を緩めるつもりは一切なかった。

「さあ、お嬢さんも待ちきれないようですし、さっそく始めましょう」

　俺はそう宣言するなり、デジカメの録画ボタンをしっかりと押す。

「お嬢さん、どうぞ思いの丈をすべて打ち明けてください」

「はぁい♪　こほんっ、いきなりこんな格好でビックリしたでしょ。でも最後までちゃんと観ていてね♪　まあ私の生おっぱいも生オマンコも見たことないあなたには最後の餞別くらいにはなるよね。そう、これは最後なの。最後のお別れビデオレターってわけ♪　くす、いい？　いまからその事情を説明するから♪」

　紗良はレンズへ向かって上機嫌に手を振りながら最初の挨拶を終えると、軽く足を広げて、自らの身体を見せつけるようにゆっくり背すじをくねらせ始めた。

「実はぁ、私はあの旅行中に、とある素敵な男性のモノになっていたの♪　彼の専用肉オナホとして躾けられちゃってたのよぉ♥　別れ際に用事ができたっていったでしょ。それがこれ♪　この撮影は、あなたと別れてすぐしてまーす♪　はぁはぁ、んぅ、おじさま、最初の挨拶はこれでいいですか？　これだけはっきりいえば、あの鈍感男もさすがに理解はできると思うんですけど……んぅっ♥」

「はは、まあ、そうでしょうね。では、このあとは……お嬢さんが改めて俺のモノとしての誓いを立てていく一部始終を見せてあげるとしましょうか」

俺はそう命令しつつ、紗良のすぐ傍らに立つ。

「さてと……お嬢さん。最初に教えたとおり、誓いの挨拶に相応しいポーズを取ってもらいましょうかね」

「はぁい♥　んぅっ、じゃあ、あなたが彼女だと思っていた私が、他の男……あなたより何億倍も男らしくて素敵なおじさまの所有物として忠誠を誓う姿、情けなく涙でも流しながら見ていてねっ♥」

紗良改めてレンズへ向かってアピールを終えると、俺に指示されるまま、まるで貞淑な若妻のように深々と三つ指を突いた土下座姿勢を取る。

「はぁ、あふぅ、さ、紗良はおじさまの肉オナホですぅ、すべてを捧げた卑しいマゾのメスブタに躾けていただきましたぁ♥　そのお礼に、これからは身も心も、地位も名誉も財産も、あはぁ、あらゆるモノの所有権をおじさまに譲渡しますぅっ♥　もう人権も必要ありませんっ♥　メスとしておじさまに媚びて、おじさまを悦ばせるためだけのオモチャとして残りの人生、ううん、ブタ生を過ごしていきますぅっ♥」

「ふふふ、すべてを俺に捧げて、あなたはなにを望むのですか？」

「チ、チンポですっ、おじさまの素敵なカリ高勃起チンポのため、紗良は卑しい肉便器になりましたぁ♥　おじさまの性欲処理のお役に立てるなら、この身体をどれだけオモチャにされても本望でぇす♥」

「なるほど、なるほど。例えば、こんなことでも？」

俺は素早く腕を振り上げて、小気味よく尻ビンタをお見舞いしてやる。

バッチンッ、バチイイイン!!

「んひぃっ、あっ、あはぁっ、お尻ペンペンありがとうございますっ、あぁんっ、もっと叩いてぇっ！」

モッチリした弾力はなんど叩いても飽きることがない。

赤い手形がつくほどの痛みは普通なら身体が逃げ出すところだが、彼女は逆にせがむように尻を振る。

「あぁんっ、もっとぉっ、お尻ビリビリしびれてオマンコ火照ってきますっ、あはぁっ、もっとぉっ！」

「はははは、はっ！　お仕置きみたいに尻叩きされてるのに感じて悦ぶなんて、彼氏がビックリしてしまいますよ」

「くぅんっ、あひっ、か、かまいませんっ、だってぇ、あんな情けない男っ、もうとっくに彼氏でもなんでもないからですっ♥　旅行中に処女マンコをおじさまのたくましいデカチンポで貫いてもらった瞬間からっ、くはぁっ、紗良はおじさまのチンポの虜ぉ、おじさまの所有物、都合よく使っていただくために存在する、浅ましいマゾメスオナホになったんですぅっ♥」

紗良はスパンキングで赤い手形を刻み込まれた尻を悩ましくくねらせ、少しでも俺の興味を惹こうと必死にアピールしてくる。

「そのチンポとはこいつのことですか？」

俺はそんな紗良の媚びたメスっぷりに反応し、すでに雄々しく勃起してしまっていた肉棒を取り出すと、彼女の頭をからかうように小突いてやる。

「あぁん、あぁっ、はいっ、そうですぅっ、んんぅ、とっても硬くて大きい、絶倫チンポですぅ♪」

「こいつで可愛がってあげたら、あっさりと彼氏のこと見限りましたもんね」

「それは、どんなに優しい愛の言葉をかけられるより、本物のチンポにザー汁かけられるほうが幸せですからぁ♪」

お嬢さんの告白は常軌を逸している。

しかも、それを心からうれしそうに語って見せるのだから、この姿を見せられた彼氏はさぞかしショックを受けるだろう。

「まあ、彼氏もこの姿を見ればはっきり理解できるでしょう。紗良、あなたはもう俺に中出しされるのが大好きで、完全に人間辞めてしまったド変態のマゾオナホです」

「はぁい、どうしようもないマゾオナホの紗良は、もう人間を名乗りたいなんておこがましいことはこれっぽっちも思いませぇん♪　浅ましくて情けないっ、おじさまのオチンポに媚びてぇ、チンカスエサもらって生きていくオナホがいいんですぅっ♥」

俺がどれだけ手酷く罵倒しても、紗良はそれをすべて悦楽にすり替え、うっとりとした表情でヒップをくねらせ続ける。

この徹底した忠実っぷりを、もっともっとひけらかしたくなってきた。

「じゃあ、お嬢さんがどれだけ俺に心酔して絶対服従なのか……そうですね、次は足を舐めてもらいましょうか！」

そう思いつくや否や、彼女の目の前に足を突き出す。

「は、はいっ♥　それでは、マゾブタの舌でおじさまの足、綺麗に舐めて……んっ、清めさせていただきますぅっ♥」

その屈辱の命令にも紗良は嫌悪を欠片も見せず、ただ嬉しそうに足先へ唾液に濡れた唇を寄せてきた。

「んちゅ、れろろ、れろん、おじさまぁ、このとおりですぅ、ちゅ、ちゅ、れろろん、んちゅぅ♪　んっちゅぱっ、ちゅちゅっ♥」

足の指を一本ずつ口に含んで丁寧にしゃぶり、さらには指の間も余すところなくベロベロと派手に舐め回してくる。

フェラで鍛えた舌の動きは、たまらなく淫靡だった。

「ふふふ、くすぐったくてムズムズしますよ。お嬢さんは犬か猫のように舌が器用に動きますね」

「れろろ、んちゅぷ、おじさまのチンポをしゃぶったりぃ、肛門の中まで舐めたりして鍛えられましたから♪　そう……んちゅっ、私ぃ、おじさまにケツ舐めご奉仕まで覚えさせられたのっ♥　あなたとまだキスもしていない唇で、おじさまのアナルとディープキスさせてもらっちゃったぁっ♥　はむぅっ、んっちゅぅっ♥」

「あはははっ、それまでバラしますか？　彼氏はもう、ショックで意識が遠のいてしまうんじゃないでしょうかね。自分が恋人だと思っていた女が、そんな変態すぎることまで喜んで受け入れていたなんて……信じがたいでしょうね」

「いいんですぅっ。はぁはぁ、ちゅぷ、れろろ、普通の女性なら嫌がることでもぉ、肉便

器にはぜぇんぶご褒美にしか感じられませぇん♪」

　紗良の恍惚とした表情や仕草が、すべて彼女の本心であることを証明していた。

　土下座で足の指を舐める姿は、俺と彼女の上下関係をハッキリと物語っている。

「ちゅ、ちゅ、紗良の所有者はおじさまですぅ、飼い主です、ご主人さまですぅ、れろ、れろろん……っ！」

「お嬢さんは俺専用の肉便器。もう未来永劫に動かせない事実です」

「はぁい、ちゅ、れん、ちゅっ、んちゅぅ、光栄ですぅ、メスにとってこんな幸せなことはありませぇん♪」

　上目遣いで嬉しそうに訴えてくる紗良を見ていると、このメスを自分だけの所有物としてもっともっと取り返しのつかない姿にしてやりたいと思えてきた。

「そうなると、見た目もいじったほうがいいと思いませんか？　メスマゾ肉オナホらしい姿に変えてあげますよ」

「それはもう悦んで♪　ちゅ、ちゅ、どうか下品でイヤらしいメス豚とひと目でわかる身体にしてください！」

俺の提案を、紗良はまったく躊躇う素振りも見せずにすぐさま受け入れる。

「それでこそ俺のお嬢さんです。じゃあ立ちなさい。いまのあなたにふさわしいポーズを取りましょうか。ほら、前に混浴の露天風呂でハメてあげたときに教えた、浅ましく両手でピースサインをキメるポーズですよ」

「はぁ、はいっ♥　あは、あのときは混浴風呂へ入ってくる勇気もなかった彼氏に、いまさらですけど見せてあげられますねっ♥」

俺が促すと、紗良はすぐさま立ち上がり、レンズに向かって女の尊厳などすべて投げ捨てた大股開きのWピースポーズをキメた。

「あはぁぁ……ピースぅ、ピースぅっ♥　とってもバカみたいな惨めな姿でぇす♪　恥ずかしすぎて気が遠くなりそうぉ♪」

紗良は腰をカクカクと前後へ揺さぶり、その羞恥と異様な興奮で早くも軽く達したように頬を緩めてしまう。

「おっと、勝手にイッてはいけませんよ。お嬢さんにはもはやそんな権利すらないんですから」

「はぁい、イクのもおじさまの許可制ですっ、どんなにムラムラしてもオナニーする自由もありませぇん♥」

「いい返事です！　さてと……まず最初に、あなたが俺の所有物であることを、誰もがひと目でわかる証……ご主人さま持ちの証をプレゼントしましょう」

俺はそう説明しつつ、手元に用意してあった袋から、黒革の首輪を取り出すと、それを紗良の細い首に巻きつけていく。

「んんぅ、あぁ、これは奴隷の印ですねぇ、あぁ、嬉しいぃ、紗良はおじさ

まのメス奴隷になりましたぁ♥　これなら服を着ていても、ひと目ですぐにわかりますもんね。これからは一生、この首輪を外さずに生きていきますぅ♥」

紗良は軽く顔をあげ、首元がよく見えるようにしながら目を細める。

「うんうん、よく似合いますよ。実にわかりやすい、変態マゾメスの証だ」

やっぱりわかりやすさってのは大事だ。

チョーカーならお洒落として誤魔化せるが、こんなペット同然の首輪を喜んでつけているなど、変態ドマゾメス以外にあり得ない。

「あふぅ、身体が熱いですぅ、興奮しますぅ、オマンコから恥ずかしいマン汁がダラダラ出ちゃいますぅ♪」

「首輪をつけただけでここまで発情するなんて、世界広しといえどもお嬢さんくらいのものでしょう」

「はぁ、はぁ、乳首が痛いくらい勃ってますぅ、クリもビンビンの勃起クリになっちゃいましたぁ♪」

「ええ、ビデオカメラもバッチリ捉えてます。それにちょうどいい。次の作業がとてもやりやすくなりました」

俺が次に手に取ったのは、直径が一ミリ近い鋭い針だ。

「ふふふ、女性ならこれがなんに使うか知ってますね？　いや、お嬢さんは育ちがいいかていた。

俺がそう気づいたとおり、紗良はそれがなんなのかわからないらしく、小さく首を傾げら知らないかもしれませんね」

「あの……おじさま、それはなんのための道具なんですか？」

「これは身体にピアスホールを開けるための道具です。もちろん、普通はせいぜい耳たぶに穴を開けるくらいなのですが……」

俺は説明をそこでとめ、ツンと尖った紗良の乳首を軽く指で弾いてやる。

「お嬢さんみたいなマゾメスには、それでは物足りない。この敏感な可愛らしい乳首……それにもっともっと感じやすい場所に、俺の所有物の証にもなるピアスをプレゼントしてあげようじゃありませんか」

「ち、乳首……んくぅっ、穴……開けられて……ふぁあああっ♥」

育ちのいいお嬢さまには、想像もしていなかったことだろう。

紗良は大胆に開脚しているガニ股をガクガクと痙攣させ、声をうわずらせた。

だが、それは恐怖によるものではない。

なぜなら、ふとももを伝って垂れる蜜汁の量が一気に増えてきたからだ。

「そんなぁ、はぁはぁ、はひぃ、変態すぎて……しゅごぉっ、んくううう♥」

「あ、こらっ、勝手にイッちゃいけませんってさっきもいったでしょうっ」

「んほぉぉおぉ……っ、ご、ごめんなさぁい、つい身体が勝手にぃ……っ！」

「これは罰が必要ですね。最初は負担が少ないものと思ってましたが……いきなり二ミリの穴を開けてあげましょうか」

俺は用意しておいたピアッサーのサイズを変え、その鋭い先端を硬くふくらんだ乳首へ軽く押しつけた。

「あぁん、とっても痛そうですっ……でも、んふぅっ、痛いの……期待して、オマンコがどんどん疼いてきちゃいますぅ……はぁはぁ、くふぅうっ♥」

「あなたはお尻を引っぱたかれるだけでもイッてしまう、真性マゾですしね」

欲情に瞳を蕩けさせるお嬢さまの姿に、なにも心配なくこのまま進めて大丈夫だろうと改めて確認する。

「さて、では始めますよ。まずは乳首から……」

麻酔や痛みを誤魔化すものなんて使うつもりは毛頭ない。

お嬢さま好みの鋭い苦痛をたっぷり与えてやろうと、俺はあえてゆっくりとピアスを取りつけにかかった。

つぷぅ……。

「あぁぁんっ、くひぃっ、痛いですっ⁉　ちぃ、乳首、ジンジンしてぇ……おっほぉ、ダメぇ、ごめんなさいっ、またイッちゃうぅぅうっ！」

「まだまだ、右の乳首の次は左の乳首ですよっ」

「あぁぁっ、あぁぁんっ、またイクぅっ♥ おじさまぁっ、わがままなマゾメスおっぱいを許してぇっ！ んはっ、はぁ、あはぁ♪ いいぃ、乳首がズキズキしてジンジンして、イグぅっ、おっほおおおっ♥ あぁん、乳首ピアスすごぉい♥」

紗良が我慢できずに無様な絶頂の叫びをあげている間に、左右の乳首へ穴を開け、銀色に輝くシンプルな輪っか状のピアスを取りつけてやった。

「ふぅ、ひとまずできましたよ。乳首に便利な取っ手がつきましたから、これからは引っ張って遊ぶこともできますね」

「ふぅ、ふぅ、んぅっ、あぁ、私のおっぱい、グイグイ、伸びちゃうくらい引っ張って遊ばれるぅ……はふぅっ、はぁ、想像すると、またすぐにイッちゃいそうですから、我慢します……んぅっ、あぁ、いまから凄く楽しみですぅっ♥」

俺の言葉へ嬉しそうに声を弾ませる紗良だが、その視線はまだピアッサーへ向けられたまま移動することはない。

「んぅっ、乳首でも凄く感じちゃったのにぃ……もっと……もっと敏感な場所にもピアスつけられちゃうんですよね？ はひぃっ、はぁはぁ、乳首よりも感じる場所って……も、もしかしてぇ……♥」

興奮に声をうわずらせる紗良は、言葉を濁しながらもなにかを期待するように愛液塗れのふとももをすり合わせる。

クチュクチュと水音が鳴り響く秘裂。

俺はそこへ視線を向け、彼女の想像が間違っていないと言わんばかりに大きくうなずいてから言葉を続けた。

「もちろん……次にピアスを取りつけるのは、メスの一番敏感な場所……クリトリスですよ。予想はできていたでしょう？」

「はぁ、はぁ、あぁ、乳首も凄かったけど、あぁん、く、クリにあんな太い針でブッスリされたらぁ……っ！」

「男なら亀頭が串刺しにされるようなものですからね。う〜ん、キンタマがキュッと縮みあがりそうだ。でも、変態マゾにはご褒美でしょう？」

俺がわざとらしく怖がった振りを見せながら問いかけると、紗良は焦れたように背すじをくねらせて訴えてくる。

「あふぅ、は、早くぅ、おじさまお願いですぅっ、クリピアスしてぇ、紗良の身体を肉便器らしくぅ……っ！」

「いいでしょう。せいぜいいい声で鳴いてくださいっ」

お嬢さんの反応が楽しくてたまらない。

肉棒がこれでもかと勃起し、鈴口にカウパーがガラス玉のように盛りあがる。

「では、勃起クリの貫通式からですっ」

「きひぃいいぃいっ！　クリアクメぇえぇぇぇっ♥！　くおっ、おぉおぉぉ……っ！」

銀色の切っ先が包皮から顔を覗かせていた肉粒を貫いた途端、紗良は大げさなくらい全身を痙攣させ、絶叫をあげた。

「ははは、これは凄い。針が貫通したままのクリが派手にヒクついてますよっ」

「はぁ、あふぅ、クリに雷が落ちて、脳天に抜けていった逆落雷みたいなショックでした……はぁ、はぁんぅっ、くはぁ……ああっ♥」

ピアッサーを引き抜いて、乳首と同じ銀色の輪っか状のピアスを取りつけているあいだも、彼女は絶頂の並に浸り続けていた。

「ひぎぃっ、くはぁ、おじさまぁん♪　ぐぎぎぃ、痛いぃっ、クリが千切れちゃいそぉお……でもっ、はひっ、それが凄いれすぅっ、はぁはぁ、凄く刺激的でぇ、ずっといじってもらってるみたいに気持ちいいのぉっ♥　ふはっ、はぁ、あはぁんっ、ありがとうございますぅ、とっても素敵なクリピアスでぇす♪」

すっかりトリップした目つきになっていた。相変わらずとてもエロくて可愛い。

激痛と絶頂を繰り返した彼女は全身にビッショリと汗をかいている。

メスのフェロモンがムンムンだ。

「はぁ、はぁ、こんな恥ずかしい部分にピアスしてるなんて、どこからどう見ても変態ですねぇ♪」

「まったくです。あなたの覚悟が感じられる身体ですよ。なにしろ、もう人前で見せられない身体に改造されていってるんですから。二度とまともな人生に戻れませんよ？」

「はぁい、それでいいんですぅっ♥　肉オナホに、普通のお嫁さんとか幸せな家庭とかそういう未来はいりませんからぁ♪」

ちょっと意地悪に問いかけても、紗良はまったく動じずにすぐさま嬉しそうな声を返してくる。

いまだに処女、清楚な彼女だと思っている彼氏が、紗良のこの姿を見たとき、一体どんな反応を見せてくれるのか、いまさらながら気になってしまう。

「だったら、もっと取り返しのつかない身体にしてあげましょう。両親からも愛想を尽かされるくらい、最低のオナホボディにね！」

「あふぅ、ありがとうございますぅ♥　嬉しいですっ！　もっともっと、私の身体をおじさま好みのドスケベボディにしてくださぁい♪」

紗良は俺の言葉をふたつ返事で受け入れ、踊るように腰を左右へくねらせてさらなる証を求めてきた。

「いいでしょう。なら、もっともっと取り返しのつかない身体に仕上げてあげましょう。次は楽しい落書きの時間ですよ」

そういって俺が次に取り出したのは、簡易的なタトゥーマシンだ。

「これでお嬢さんの恥ずかしい場所……下腹に、どうしようもなく恥ずかしくていやらしいタトゥーを刻み込んであげましょう。くくっ、どうですか？」

「あぁん、そ、それもまた痛そうですねぇ……痛くて、恥ずかしくて、嬉しくてぇっ、また情けなくマゾアクメしちゃいそうですぅ……っ♥」

細かい針で肌を刺しまくるのだから痛くないわけがない。

俺なら絶対にごめんだけど、このお嬢さんなら普通に大歓迎だろう。

どこか凶暴な見た目をしているタトゥーマシンをうっとりと凝視してきているのが、そのなによりの証拠だ。

「さてと、俺もメスにタトゥーを刻むなんて初体験だから試行錯誤になってしまいますけど……まあ、なんとかなるでしょう！」

いずれ手に入れたメスオナホを自らの手で下品に飾ってやりたいと願い、知識だけは最低限持っている。

まあ、プラモの細かいパーツの塗り分けよりは簡単な気がする。

若い女性ならではの潤いのあるきめの細かい素肌を、自分の意思で取り返しがつかない方法で汚すなんて、想像するだけでもう射精しそうなくらい興奮してしまう。

「さあ、好きなだけメス鳴きしてもいいですよ。ははは、お絵かきの時間ですっ！」

俺はそう宣言するなり、低いモーター音を鳴り響かせるタトゥーマシンを使い、紗良の下腹へ自分でデザインした淫紋風のタトゥーを刻み込んでいく。

「あぁっ、くぐうぅっ、いいぃっ、くはっ、おじさまぁ、もっと大胆にっ、もっとズブズブ刺してぇっ！　おっほぉっ、んひいいいっ、イッ……ひっぎいいいっ♥」

部屋の中に、モーター音と紗良の悲鳴が長々と響き渡る。

苦痛と悦楽の入り交じった喘ぎに合わせて、紗良の白い肌が朱に染まり、どんどん熱く汗ばんできた。

一瞬で穴をあけられるピアスとは違い、長い時間をかけて痛みを味わえるのがタトゥーだ。紗良のようなドマゾには、苦しいながらも最高のご褒美だろう。

「しゅごぉっ、おおお！　私の身体にぃっ、はぁ、恥ずかしい模様、刻まれて……んっぎいいいいいっ、ふひぃっ、ふひいいっ♥」

「ええっ、もうすぐ完成ですよ……ほら！」

俺はそんな紗良の反応を楽しみながら、我ながら美しくタトゥーを刻み終えた。

「はぁはぁ、はひっ、あぁ、凄いです、これぇ……お腹、ちょうど子宮の真上に、エッチなハート模様のタトゥーっ♥　あはぁ……っ、と、とても素敵なメス奴隷マークでぇす、あぁん、素敵ぃ……っ♥」

紗良は下腹に刻まれたタトゥーを息絶え絶えになりながらも見つめ、歓喜に大きく肩を震わせている。

　長々と苦痛を味わい、被虐の絶頂に繰り返し昇り詰め、もうかなり体力を消耗しているはずだが、それでも崩れ落ちることなく立ち続けているのは見事なものだ。

「はぁ、あぁぁ、い、いま全身がフワフワしてとっても幸せな気分ですぅ♪」

「ランナーズハイならぬマゾアクメハイってところでしょうか」

「はぁ、はぁ、おじさまに感謝の気持ちが際限なく湧き起こってきますぅ、うれしいぃ、気持ちいぃいぃっ♥」

　俺が冗談っぽく問いかけると、紗良はそれをすべて肯定し、恍惚とうなずいた。

「あははっ、だったらメスマゾ肉便器らしく、イヤらしいダンスで感謝の気持ちを表現してみましょうか」

　そんな思いつきの命令を投げかけたが、俺の言葉には即座に従うのがお嬢さんだ。

「あっ、あっ、あはぁっ、おじさまぁん♪　見てぇっ、紗良はこんなに下品で卑しい身体になれましたぁ♪」

　ガニ股Wピースのまま、リズミカルに腰を振り出した。

　爆乳がバルンバルンッと音が聞こえそうな勢いで大胆に揺れ、肌に滲む汗、そして秘裂からとめどなく溢れる愛液を周囲にまき散らしていく。

「おおっ、これはまた派手に揺れますねぇっ、上下左右と縦横無尽に弾む巨乳は迫力満点

ですね。最高のマゾメスダンスだ！」

「あぁんっ、こ、これぇっ、乳首とクリのピアスも揺れて……っ、あはぁ、これもクセになっちゃいそうぉ♪」

お嬢さまらしさなど欠片もない。優雅と対極にある下品なアクメダンス。

それはひたすら滑稽で退廃的だ。

だからこそ、この育ちがいいお嬢さんが、肉オナホという惨めな存在に堕ちきったことをよく表現できている。

「まったく、どこまでも浅ましい。まともな女性がいまのあなたを見たら、絶対に同じ女だとは思われたくないでしょうね」

「あふぅん、きっと友達みんなから絶交されてしまいますぅ、はぁ、あっ、想像しただけで興奮しますっ♥」

「ふふふ、あなたの友達だってこんな頭がおかしい変態は嫌になるのが当然じゃないですか。まあ、人間をやめたいま、友達も必要ありませんよね？」

「そうですっ、私はもう人間じゃありませんっ、女でもありませんっ、チンポ大好きメスマゾ肉オナホでぇすっ！　おじさまにマンコをコキ捨ててもらうためだけに存在する、浅ましい性処理オモチャのマゾブタなんですぅっ♥」

紗良は俺の嘲笑を嬉しそうに受け入れ、自らをどこか誇らしげに貶めながら、全身を大きく揺さぶり続ける。

そのたびに膣穴からあふれ出す本気汁が、糸を引きながら周囲に飛び散っていく。すでに繰り返し細かい絶頂を繰り返してるため、身体が発情しきって受精待ちモードになっているのが、漂う濃密なにおいからはっきり伝わってきた。

「うーん、オマンコが仕上がっているのがはっきりわかりますよ。これ、いま中出しをしたら、高確率で孕みそうな気迫を感じますね」

俺がしみじみ呟くと、紗良は『孕む』という単語に食いつくような興味を示した。

「し、子宮が熱いですっ、どうか紗良を犯してくださいっ♥ 性欲処理のついでで種つけしてくださいぃっ！ 孕みたいっ、マゾメスオナホのオマンコぉ、おじさまの精液コキ捨ててもらって、孕みたいですぅっ♥」

孕ませ乞いの腰振りダンスは、その台詞に合わせてますます熱を帯びてくる。

この光景が録画されていて、彼氏……否、『元』彼氏に送りつけるということを、もう完全に忘れているのではないか。

取り繕うことなど一切考えていない、見事なまでの人権放棄、ド変態のマゾメスっぷりに、俺の興奮も抑えられないほど高まってしまう。

「いいですよ、俺は最初からそのつもりでしたからね。それでは、さらに恥ずかしい格好になってもらいましょう」

「なんでもしますっ、チンポのためなら悦んで恥ずかしい格好をしてみせますすっ、だ、だから……っ！」

「任せてくださいっ、お嬢さんは肉便器ですからね。俺のモノになった証明に孕んでもらいますっ！　じゃあ、これを着て……そこに寝転がってください」

　そういって紗良へ差し出したのは、以前渡した水着より、さらに露出度の高いもの。股間や乳首の部分が大きくくり抜かれたそれは、むしろ全裸よりも恥ずかしいほど変態的なデザインだ。

「はぁはぁ、あんぅっ、凄く恥ずかしい水着……んぅっ、こんなの、頭のおかしいオナホメスじゃないと着こなせないですよねっ♥　あはぁ、はぁはぁ♥」

　その恥ずかしい水着を、紗良は嬉しそうに手早く身につけていく。

「くくっ、上出来です。今日は特別に……もっともっといやらしく、あなたを飾ってあげますからね」

　着替えを終えた紗良が仰向けに寝転ぶや否や、俺は用意していた荒縄も取り出し、彼女の手足を縛りあげていく。

　両手は頭上で。両足は膝を曲げた状態で拘束し、ロクに寝返りも打てないような、M字開脚の種つけポーズが完成する。

「んんぅ♪　こんなにギチギチ縛られたらぁ、どうやっても逃げられませぇんっ♥　もうおじさまに犯され放題でぇすっ！」

「ふふふ、このビデオを観ている元彼氏はどんな気持ちでしょうね」

大きく開脚しているため秘裂はパックリと開き、膣口までバッチリ映っている。

エサをねだる小鳥のようにせわしなくパクパクしている穴の艶めかしさは、オスの本能を直撃する。

「う～ん、これはもうチンポを突っ込まずにはいられませんねっ！　絶対に孕ますしかないって感じですっ」

「嬉しいっ♥　おじさまのチンポ、早く突っ込んでくださいっ♥　おじさま専用の孕ませオナホ穴、ズボズボとチンポしごきに使ってくださいっ！」

おねだりの台詞に合わせて、膣穴も

挿入を求めるようにヒクヒク蠢く。

溢れる愛液も増えていく一方で、我慢の限界が訪れているようだ。

「お嬢さんときたら、もう孕まされたくて待ちきれないって顔と声ですよ」

「あはぁ、おじさまもぉ……っ、紗良のことなにがなんでも孕ますって青筋くっきりの勃起チンポがぁ♪」

「ええ、正直、俺もガマンの限界ですっ、いきますすね、メチャクチャ派手に犯してあげましょうっ！」

もはや状況は万全だ。俺はここぞとばかりお嬢さんに襲いかかる。

ずっちゅううううっ、ずぶぶぶっ、ぬっちゅるうううっ！

「あぁっ、いぃいっ、ようこそ紗良マンコへぇ♪　くはっ、おおぉっ♥　素敵ぃっ、いつもより硬くて太いチンポ、オチンポがぁっ、ズボズボって私のオマンコぉっ、お、奥までくりゅのぉっ、一気に奥まで貫かれてぇ……んっひぃいいいいい!!」

「くぅっ、おおぉっ、すっかり蕩けきってますねっ、くぅっ、素晴らしいチンポとの一体感ですっ！」

射精欲を促すためだけに研ぎ澄まされてきた蜜壺だけのことはある。

俺の好みを知り尽くした締めつけと蠕動がこれでもかと振る舞われていた。

「あひっ、あぁっ、激しいっ、硬いのでかき回されるっ、あぁんっ、オマンコ凄いのっ、あぁっ、あぁんっ！」

「はぁっ、はぁっ、チンポの先にコリコリあたる子宮口もしっかり発情してますねっ、とてもいいですよっ！」

「あぁっ、あぁっ、排卵待機してますっ、おじさまの子種をいまかいまかとお待ちしてますぅ、んひぃっ！」

　割れ目の充血しきった粘膜から察してはいたけれど、それ以上に内部は熱くなっていた。四方八方から絡みつかれて、肉棒もご満悦だ。これでもかと膨張している。

「あぁっ、大きくてたくましいのぉっ、オマンコはち切れそうっ、いいですっ、凄いっ、すごぉいっ！」

「ふぅ、ふぅ、こいつは気持ちよく中出しできそうですねっ、特濃なのがたっぷり出そうですよっ！」

「はぁ、はひぃ♥　絶倫チンポからキンタマ空っぽにしてあげるのが肉オナホの役目ですからぁっ♥　いっぱいズボズボ突いてくださいっ♥　ヌルヌルのオマンコでぇ、勃起チンポ遠慮なくしごきまくってくださいっ♥　あぁっ、あはぁっ、嬉しいっ♥　へたれな草食系男じゃなくてぇ、おじさまみたいなたくましいオスの所有物になれて、私は最高の幸せ者ですっ♥　幸せすぎるマゾブタマンコぉっ、おおおっ、あぁんっ、気持ちいいっ、おじさま、好きぃっ、しゅきいいいっ、大好きぃっ♥」

若くて綺麗な金髪爆乳ＪＤが、俺へ心酔しきって無様に媚び、懐いてくる。

その姿を見ていると、自尊心がどこまでも心地よく満たされていく。

この最高の光景を世界中に見せびらかしてやりたい。

そう思うのは、男なら当然のことだろう。

「くうぅっ、元彼に悔しがってもらうために、あなたの可愛いところをもっともっと暴いてやるとしましょうっ！　あなたの大好きな、私のデカチンポでねっ‼」

「あぁんっ、してしてぇ♪　くはぁっ、はひぃっ、んぅっ、あぁ、あぁううう！　おじさまの好きにぃ、紗良のオナホマンコ、オモチャにしてくださいっ、あはぁっ！」

「では、いきますよっ、せ〜のっ！」

俺はそう合図するや否や、乳首に取りつけたピアスを摘まんで引っ張りつつ、遠慮ない腰使いで抽送を開始する。

ずっちゅううっ、ずぼずぼぉっ、ぬちゅううっ、ぐっぽおおおお！

「きひぃいいぃっ、乳首千切れるぅううぅっ♥　んほぉおぉっ、しゅごいぃっ、頭まっしろぉおぉっ！」

「おっ、おっ、くうぅっ、し、締めつけますねぇっ、バナナくらいなら簡単に切断しそうな勢いですっ！」

激痛すら快感になってしまうお嬢さんのマゾ性が、遺憾なく発揮され始めた。

性感帯の乳首を手荒に責められて、興奮が冷めるどころかますます欲情している。

「あぁっ、あひっ、おじさまぁっ、ひぃ、ふはっ、凄いのぉっ、あぁんっ、おかしくなっちゃうぅっ！」

「お嬢さんは肉便器ですからねっ、くぅ、女性には優しくするべきですが、メス豚はその必要がありませんっ！」

「は、はいぃっ、虐めてチンポビンビンにしてくださいぃっ、乱暴に犯されながら中出しされたいですっ！」

彼女は初体験を無理矢理貫かれ、容赦なく膣内射精されても嬉しそうにアクメした。

とても育ちのいいお嬢さまと思えない、メスとしては根っからの逸材だ。

常識人なら耳を疑うような懇願も、本心からの淫らな悦びにあふれている。

「ふぅ、うっく、あなたを孕ませるのは決定事項ですっ、必ず俺がボテ腹肉便器にしてあげますねっ！」

「ひぃ、くはっ、あぁんっ、嬉しいっ、嬉しいれすぅっ♥　おっほぉっ、おじさまの子種でちゃんと受精してみせまぁす、あはぁっ！」

「はぁ、はぁ、まったく可愛いにもほどがありますっ‼　おぉおっ、チンポもヤル気満々ですよっ！」

ずちゅううっ、ずぶぶぅっ、にちゅぐちゅっ、ぬっぽぉっ！

紗良の求めに応え、どんどん抽送を早めていく。

愛液塗れの膣粘膜とこすれる怒張が、力強い脈動を繰り返す。

睾丸に充満している精子も活気づいているのがわかる。

雄叫びをあげながら迸(ほとばし)り、この熱壺の奥でいまや遅しと待ちわびている優秀遺伝子の塊である紗良の卵子へ襲いかかる準備は、とっくにできているようだ。

「ひぃ、ひぃっ、子宮が熱くなりすぎて気が変になりそうですっ、あぁん、は、早くザー汁くださいいぃっ！」

「おおぉっ、子宮が下がりきってチンポをお出迎えですかっ、いいでしょうっ、このまま出しますよっ！」

紗良の息絶え絶えの言葉にうなずき返し、そのまま力強い腰使いでスパートを駆け、熱く蕩けた蜜壺を突き混ぜる。

ぬぽぉっ、ぐっぽぐっぽぉっ、じゅぶぶぶっ、じゅるうううっ！

「あひっ、あっ、あっ、おほぉおぉっ、チンポでメッタ突きぃいぃっ、あぁっ、いいっ、いいのぉっ！　おじさまぁっ、しゅごぉっ、おおおっ、子宮までズボズボきてぇ、んっひいいいいいいいいいっ、きひぃっ、イイッ、あひいいいいっ！」

「ふぅっ、くうぅっ、さあお嬢さんっ、いつもの孕み乞いの時間ですっ、チンポに媚びまくるんですっ！」

取り返しのつかない外観にされたお嬢さんは、もうすぐ胎内からも取り返しのつかない身体にされるのだ。

それがどれだけオスの獣性を刺激することか。

もう目眩がしそうなくらいの昂ぶりを、自分でもコントロールできない。

「あぁっ、激しいぃっ、あっ、あっ、いいろぉっ、しゅごいっ、あひぃっ、オマンコしゃいこうっ！　はひぃっ、孕むぅっ、わらひぃっ、おぉぉっ、おじさまのザーメンで孕みまひゅううううっ♥　おじさま専用のボテ腹オナホになってぇ、おぉぉっ、人間、辞めてオナホになりゅのぉっ、おおおおっ、オナホとして生きりゅうううっ♥」

「くおぉぉっ、そうだ、孕みなさいっ、孕め、紗良！　お前は俺のモノっ、俺だけの無様すぎるメスオナホとなって生きろっ！　はぁっ、はぁっ、おおぉっ！」

俺はもう言葉使いも取り繕えず、乱暴に命じながら一気に昇り詰めていく。

ずっちゅうううううっ、ぬちゅるぅぅっ、ずぶぶぶぶっ！

「はひぃっ、なりましゅうっ、あぁんっ、チンポっ、いっぱい出してぇっ、ザー汁ぅっ、あひっ！　しゅごいのきちゃうっ♥　あぁんっ、頭壊れりゅっ、破裂しちゃうっ、いいいいいっ、いいろぉっ、あぁあぁぁっ♥　孕みまひゅぅっ、おおおっ、デカチンポでビュルビュル種つけされてぇ、孕みアクメぇ、イグイグぅっ、おぅぅっ、んほおおお！」

びゅくううっ、どっぶぅっ、どぶぶぶっ、びゅるるるぅっ、びゅりゅううっ！

「イッぐぅううぅっ！　おほぉおぉっ、くはぁっ、子種ぇっ、あちゅいっ、あひっ、気持ぢいぃいいぃっ！」

「くはっ、くうぅっ、孕めっ、どうだっ、くうぅっ、メスマゾ肉便器にはなによりのご馳走でしょうっ！」

力強く収縮する膣内で、意識が飛びそうな快感に促されるまま、盛大に吐精する。

行き止まりの肉室を放った熱液が撃ち抜いた瞬間、俺はいままでに味わったことがない確かな手応えを感じた。

これがオスの直感だろうか。

彼女の卵子を蹂躙(じゅうりん)して、決定的に子宮を堕としてやったと理解できた。

「あぁっ、あぁっ、こんにゃの初めてぇえぇっ♥　んほぉっ、子宮、疼いて熱いっ、熱いのぉっ♥　受精したの感じましゅうっ♥　あぁんっ！　ふはっ、あぁっ、紗良マンコ孕んだぁっ♥　種つけしゃれたろぉっ、いいぃっ、またイグぅううぅっ！」

「くぅ、おおぉっ、あなたも感じましたかっ、そうですっ、お嬢さんが俺のモノになったんですっ！　俺のボテ腹オナホになったんだっ！」

「しゅてきぃっ、あひっ、孕むの気持ぢいぃいっ、孕みアクメっ♥　ふはっ、おおぉ、ボテ腹オナホの孕みアクメぇ、と、とまらないれすぅっ、んっひいぃいぃっ♥」

妊娠を実感している紗良のアクメは、いままで以上の激しさだ。

雷で打たれたかのように、全身の痙攣が激しい。

それだけ強烈な絶頂感を味わっているのだろう。

——ならばここでダメ押しだ。

「くうっ、ふはぁっ、も、もっと堕としてあげますっ、肉オナホの底には際限がないですからねっ！　おおおっ、出るっ、仕上げの小便も受けとめろっ！」

精液が充満して過敏になっているマゾの膣腔には、放尿が劇的な効果をあげる。

俺はそう確信しつつ、尿意を遠慮なく解放していった。

じょろろろっ、じょばあああっ、じょろおおおおっ！

「あぁあぁっ、イグイグイグゥうぅっ、オシッコいっぱいオマンコにぃいいぃっ、しゅごいろぉおぉっ♥」

すでに精液でいっぱいの子宮へ小水を注がれた紗良は、みっともなく表情を崩してさらなる歓喜の叫びをあげた。

「くうぅっ、孕みアクメに放尿アクメが加わると最強でしょうっ！」

「あぁんっ、狂っちゃううぅっ♥　気持ぢよすぎるぅっ、たまりゃないっ、チンポぉ、デカチンポしゅごいっ、チンポぉおぉっ！」

彼女の嬌声はもはや人外の域に達している。

人権を剥奪されて性欲処理専用の奴隷扱いされていても、この姿を目にしたらみんなそ

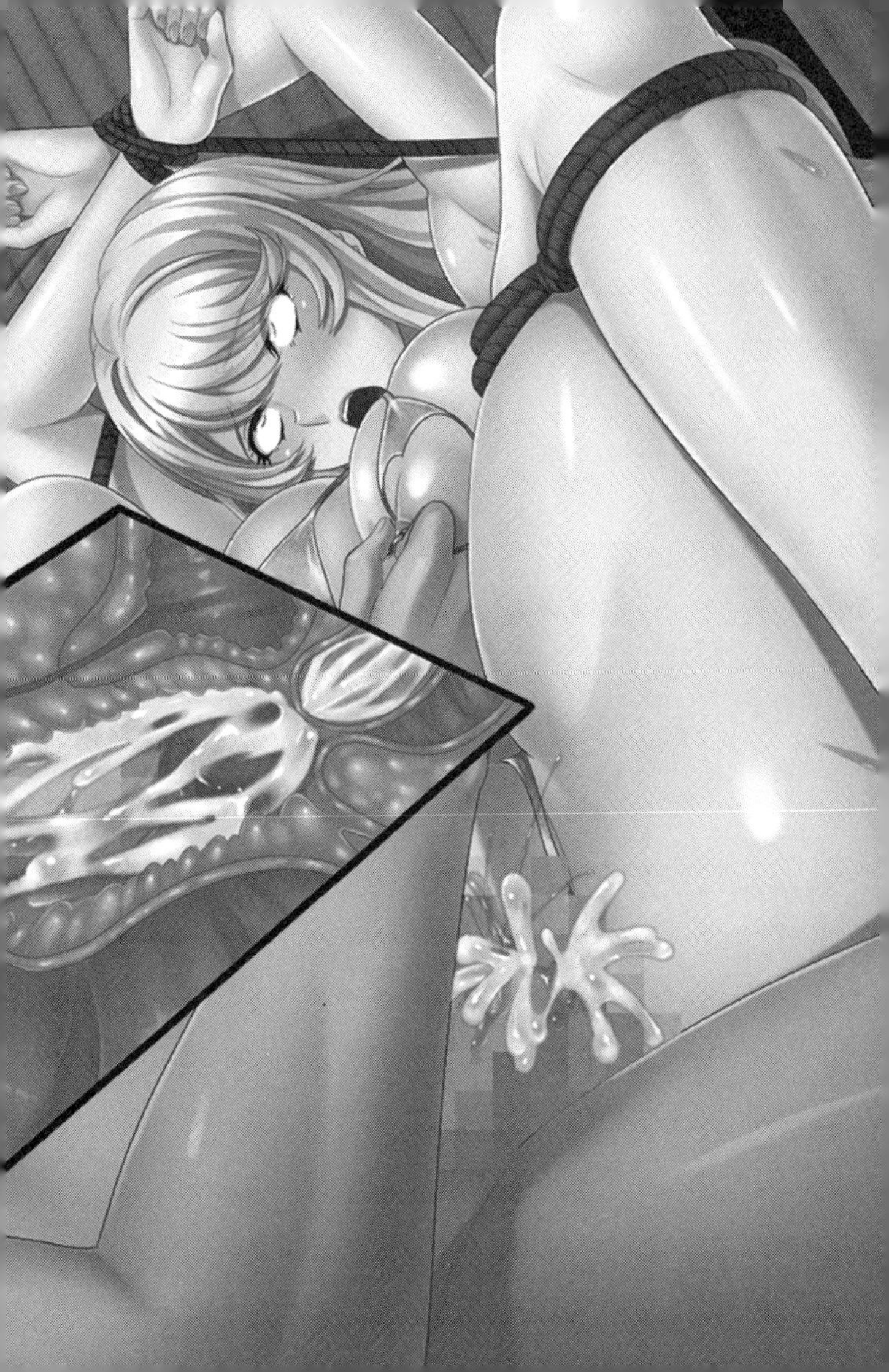

れが当然と納得するはずだ。

「イグぅうぅっ、イギまくりぃっ、しゅごいぃ、あはぁっ、ザー汁オシッコパンパン幸せマンコぉぉっ！」

「くうぅっ、そしてたまらない締めつけが止まらないですねっ、そんなにチンポと離れたくないですかっ」

「あはぁ、くぐぅ、大しゅきチンポぉっ♥　もっろ犯してぇ、中出しいぃぃ、オシッコで穢してほしいろぉっ！」

「ははは、気持ちはよくわかりますっ、ですが肉オナホのすべてをしっかり撮影しておかなければいけない。一度抜いて……彼氏へご挨拶といきましょうか！」

少し呼吸を整える間もほしい。

俺はそう説明しつつ、ゆっくりと腰を引いてペニスを抜いていった。

「あはぁ、あふぅ、やぁん、チンポぉぉ♪　はぁ、あぁん、いっぱい垂れ流し恥ずかしいれふぅ……っ！」

ごっぽぉっ……ごぽぉおおっ……。

栓がなくなれば、中身は当然のように膣腔にとどまり続けることはできない。

パックリ口を開いたままの膣口から、精液と小水の混合液がゴボゴボと音を響かせながらこれでもかと大量に溢れ出てきた。

「ふぅ、ふぅ、いい眺めですねぇ。チンポに蹂躙されたあとだとよくわかってこの上なくエロいですよ」

「はぁ、あぁん、いっぱいザー汁もオシッコも排泄してもらえてぇ、あふぅ、私、オナホ穴としてとっても光栄でぇす♥」

　彼女も積極的に粘液まみれの股間を映像に収めようとしているのか、モジモジとレンズに向かって尻を振っている。

　アヘ顔のまま軽くいきむたびに、膣口がさらに大きく開き、名残惜しげに蠢いている膣壁の皺まで丸見えになった。

「あふぅ、これが孕みマンコでぇす、おじさまにすべてを捧げたメスマゾの淫乱豚マンコになりまぁす♥　はぁはぁ、すぐにイッちゃうぅ、クソザコのヨワヨワマンコだけどぉ、ちゃんとおじさまに種つけ射精してもらえましたぁっ♥」

「ははっ、クソザコとは謙遜がすぎるっ。俺がいままでハメてきた中でも、お嬢さんは最高のザー汁処理穴の持ち主だ。自信を持っていいですよ?」

「あぁん、褒められただけでイッちゃいそぉ……私、これからもずっとおじさまの肉オナホとしていっぱい尽くしていきますぅっ♥　はぁはぁ、他のオスなんて、みんなゴミぃ、いらないいっ♥　おじさま最高♥　デカチンポ最高なのぉっ♥」

　紗良は蕩け顔のまま、浅ましい噴射と挨拶を続ける。

もう『元』彼氏のことなど、心底どうでもいい。

いつまでも戻ることがないアへ顔に、その思いが浮かんで見える。

「やれやれ、あの草食系の男にはちょっと酷なお別れレターになりそうだ」

ショックで壊れなければいいけど。

まあ、どうでもいいか。

（まあ、君には少しだけ感謝しておくよ。なにしろ……君があまりにも情けない祖チン男で恋人に手出しする勇気もなかったおかげで、俺はこの極上のメスの処女を奪い……こうして専用のボテ腹オナホに仕上げられたんだから）

好機を無駄にせず、見事躾けてやったこのオナホを、末永く可愛がってやろう。

俺は改めてそう決意を固めつつ、これからの約束された毎日の充実した性生活が楽しみでならなかった――。

六章 ボテ腹金髪爆乳JD

俺が紗良を専用のオナホとして手に入れてから、早くも数ヶ月の時間が過ぎた——。

「ふふっ、懐かしいですね、このビーチ♥　またおじさまとここへ遊びにこられたなんて……本当に幸せですっ♥」

「俺もですよ。ふむ、ちょっと季節的に早いかと思いましたけど、さすが南国。いまの時期でも普通に海水浴客がいますね」

思った以上に賑わっている砂浜を見渡しつつ、ついでに腕へしっかりとしがみついてきている紗良も一瞥する。

「そうですね。去年きたときは真夏で暑すぎたくらいですし……むしろ、いまくらいの時期のほうがベストシーズンなのかも♥　ふふっ、いまは身体に気を遣わないといけない時期ですから、ちょうどいいですっ♥」

嬉しそうに微笑む紗良は、去年、隷属の証を刻んだときにプレゼントしてあげた、穴あきの露出過多な水着を身につけている。

それも目を引くが、なによりも淫らなのはその大きなボテ腹だ。

「はは、それにしても見事に育ったものだ」

「はいっ♥　だって、いつも元気で精力旺盛な、おじさまのデカチンポで孕ませていただいた子ですしっ♥　お医者さまにもまったく心配ないとお墨つきもらっていますっ」

紗良が自ら誇らしげに撫でる大きなお腹は、去年の隷属の儀式の際、必ず孕ませると宣言し、たっぷりと中出しをしてあげた結果だ。

出した俺も、出された紗良も不思議な確信を抱いていたとおり、見事に受精していて、こうして無事に安定期まで育ったというわけだ。

(本当にこの一年でいろいろあった……いいことばかりだけど)

極上のメスをこうしてボテ腹にして手に入れた結果、俺の人生は一変した。

なにしろ紗良は、誰でも知っているような超有名企業の社長令嬢だ。

当初はその親が横やりを入れてこないか心配になっていたのだが、それは紗良が上手く誤魔化してくれた。

おまけに俺を正式な婚約者として親に認めさせ、実家の力を使ってあれやこれやと便宜を図ってくれているのだ。

おかげで前のようにあくせくと働く必要もなく、こうして気が向いたらお気に入りのオナホメスを連れて優雅なバカンスへ出かけられる、自由な生活を満喫できている。

「おじさま、どうかなさいましたか？　凄くご機嫌ですけど」

「なに、今回も楽しい旅行になりそうだと思ったまでです」

小首を傾げた紗良にそう応えつつ、砂浜のある場所でふと足をとめた。

(紗良に『痴漢』だと咎められたのは、ちょうどこの辺りだったな……あれが随分と昔のことに思えるよ)

あのとき、紗良を庇って王子さまのように振る舞っていた彼氏は、いまごろどうしているのやら。

忠誠の証を刻む一部始終、そして種つけの光景を撮影したお別れレターを送りつけ、その後はショックのあまり大学もやめて姿を消したと紗良から聞いている。

(まあ、お前さんが草食すぎたのがいけないんだ、恨むなよ。そのぶん、紗良のことはたっぷりと可愛がってやるさ……

たっぷりと、俺好みのやり方で！）

　心の中で、そんな謝罪だか煽りだかわからない言葉を呟きつつ、改めて周囲を見渡して反応をうかがう。

「ははっ、安定期に入るまではいろいろ自重していたし、こうしてお嬢さんに愉快な格好をさせて連れ歩くのも久しぶりですが、今日はギャラリーには不自由しませんね」

「はいっ、さっきから視線が痛いです♥　あちこちから頭おかしいとか変態って女の人の声が……聞こえてきて……んふぅっ♥」

「そりゃそんな格好をしていたらねぇ。ははは、でも、それこそ願ったり叶ったりじゃないですか。そういうスリルと刺激……久しぶりでオマンコにくるでしょう？」

「はぁい♪　おじさまのおかげで、紗良はいつもゾクゾクしっぱなしでぇす♪」

　俺の問いかけに、腕へしがみついてきている紗良が嬉しそうに身体を震わせる。

　なにしろ大きなお腹をした女が、乳首も秘所も丸出しの変態水着を身につけ、真昼の砂浜を堂々と練り歩いているのだ。

　露出狂にしても大胆すぎる。

　周りから白い目で見られて当然だろう。

「あんっ、んぅっ、見られてますぅ……おじさま専用のオナホの身体っ、あはぁ、はぁううっ、見られるだけで、孕みマンコ熱くなってきますぅ……♥」

紗良は俺の肘にしがみついたまま、わざとらしいくらい大きなお尻をくねらせて、周囲に自分が男に媚びる卑しい存在なのだとアピールしていた。

俺も自慢の奴隷を見せびらかすつもりで連れ歩いているから、まさに俺たちはお似合いのカップル――否、お似合いの主従と言えるだろう。

あえて大きな声で会話して、見ず知らずの海水浴客にお嬢さんがどんな存在なのかと宣伝していく。

「お嬢さんもいまの生活にすっかり慣れましたよね。まるで昔から俺の肉オナホをしていたみたいです」

「くす、おじさまに出会えてからまだ一年も経ってないのに、私はすっかり変わってしまいました♪」

「いまでもまざまざと思い出せます。あなたをこの夏のビーチで処女マンコハメ犯して堕としてあげた日のことをね」

「私も忘れたことはありません。あれがなかったら、きっと私は普通でつまらない人生を歩んでいたでしょう　こうして人間を廃業して、おじさまのオナホにされる日々こそ紗良が本当に望んでいたものなんでぇす♥」

心から幸せそうにうっとりと欲情していた。

彼女が両親から受け継ぐ予定の財産は、もうすでに俺名義に書き換えられている。

俺の所有物としてすべてを捧げて生きる、その覚悟を形でも示し、それを喜んでいるくらいの堕ちっぷりだ。

まさに理想的なオナホメス。

この宝物を思い切り見せつけたいという欲望を抑えられない。

「まったく可愛くてしかたないお嬢さんですね。どれ、それじゃまたちょっと自慢してやるとしましょう。さあ、ここで休憩がてら……遊びましょうか」

「あぁん、は、はいぃ♪　お任せくださいっ、どうぞ身体を楽にっ、あとはぜぇんぶ紗良にお任せください♥」

俺が促すと、紗良はその場に用意しておいたビーチシートを敷き、すぐさま遊ぶための準備を整えていく。

「はぁはぁ、こんな波打ち際の目立つところで、大胆に……んっふぅっ♥」

「さすがに恥ずかしいですか？　大きなお腹も晒して、淫らに振る舞うのは」

「まさかっ♥　嬉しすぎて、すぐにイッてしまわないか心配なだけですっ。んぅっ、おじさまにボテ腹マンコのご奉仕、射精までちゃんと楽しんでもらえるように……はふぅ、頑張りますぅ……♥」

紗良は早くも息を甘く切らしつつ、俺のサーフパンツをいそいそと脱がせる。

「ははは、では寝転がってゆっくり楽しませてもらうとしましょうか。さあ、お嬢さん

の好きに動いて、俺を楽しませなさいっ！」

「はいっ♥　私のボテ腹オナホご奉仕ぃ……んふぅっ、はぁはぁ、ゆっくりお楽しみくださいね、おじさまぁ……あんっ、ああっ♥」

俺がビーチシートの上へ仰向けに横たわると、紗良は嬉しそうに頬を緩め、すぐさま腰上に跨がってきた。

そのままゆっくりと座り込み——すでに愛液の雫を滴らせていた肉壺に、ペニスが咥え込まれていく。

ずりゅうううううううっ、ずっぶぅっ、ずぶぶぶぶっ！

「んんぅぅっ、んはぁっ、ズッポリ付け根までぜぇんぶ入りましたぁっ、はぁ、あぁん、大きいぃいぃっ！　やっぱりおじさまのデカチンポぉ、さ、最高ですぅっ♥」

「くううっ、お嬢さんのボテ腹マンコもいい具合ですよ！　去年、初めてこの砂浜で使ってあげたころよりも肉厚になって……おおっ！」

妊娠を契機に、以前よりもさらに熱く、ねっとり絡むようになってきた肉穴。

ペニスを先から根元まで包み込む極上の感覚に、俺は早くも目を瞑って浸りつつ、軽く腰を浮かせて動きやすいように促してやる。

「はぁ、はふぅっ♥　それじゃあ、動きますねぇっ♥　はぁ、はっ、あぁっ、生ハメオマンコしごきでぇ、くうぅ、しっかりザー汁搾りさせていただきまぁす♥」

紗良は息を切らしてそう言うと、両手を頭の後ろで組み、腰使いに合わせて大胆に揺れ動く爆乳をよく見えるようにしながら、激しく腰を振り始めた。

にちゅうっ、ぐっちゅぐっちゅっ、ぬちゅるぅっ！

「くうぅっ、おおおぉ……っ！　いいっ、相変わらず膣粘膜の絡みつき方がドスケベすぎますねっ！　ねっとりと蕩けて……くううっ!!」

茹だるように熱くなった膣粘膜に、竿肌が舐めあげられる。

少しずつ表皮が蕩けていくような最高の温もり。

まるでペニスだけが名湯に浸かっているかのようで、ついうなり声が出てしまう。

「はぁ、んぅっ、あぁ、だってぇ、私のオマンコはおじさまに喜んでもらうためだけに存在する、オナホ穴ですからぁ♥　どうすれば、おじさまのデカチンポをいっぱい喜ばせられるか、それだけ考えていやらしくなってるオマンコっ、んふっ、もっと、もっと楽しんでくださいっ♥　いっぱいじゅぼじゅぼしますからぁっ、はひっ、もっとぉっ、オチンポ元気に勃起させてぇ……んひいいっ、はぁはぁ、あひっ、ふぁああああっ♥」

甘え媚びる紗良の声に合わせて、肉棒全体を隙間なく包み込んでいる媚粘膜が細やかな先導を繰り返す。

手コキやフェラとは違う、全方位からのなで回しは膣腔ならではのものだ。

他では味わえない極上の快感に、俺も思わず背すじをのけぞらせてしまう。

「おおっ、それだ！　もっともっと遠慮なく腰を使っていいですよ。ほら、チンポがマンコをかき混ぜる恥ずかしい音、砂浜中に響かせてっ！」

「はぁ、はひいいっ♥　ふぅ、んく、あふぅ、こんな気分爽快な青空の下で、あはぁ、生ハメするのはとっても興奮しますぅ♪」

紗良は爆乳を揺らしつつ腰使いを加速させながら、改めて高く広がる空、そして遠巻きにこちらを見ている人々の様子をうかがっている。

「いいですねぇ、魅せる肉オナホというものがすっかり板についてますよっ。おおっ、その調子ですっ！　もっともっと周りに紗良のいやらしい身体を見せつけなさいっ！」

「はぁ、はいっ♥　おじさまにいやらしく飾ってもらった身体っ、もっと、もっと見られたい……んあぁっ、はぁはぁ、ひぅっ、あああ！　見られるとぉ、それだけでオマンコもどんどん熱くなって……ひぐぅっ、はぁ、ひいいいっ♥」

　高く跳ねあがる嬌声に合わせ、紗良の爆乳の頂点を飾っている銀色のピアスがキラリと艶めかしく輝く。

　飛び散る愛液と汗が下腹の妖しいタトゥーを濡らし、クリトリスを飾っているピアスが動きに合わせて竿の根元にくすぐるような刺激を与えてくれている。

　俺がこの手で刻んでやった、あまりにも変態的な装飾の数々。

　ひと目で浅ましいメスオナホだと周囲にもバレてしまうそれらを、紗良はまるで勲章のごとく誇らしげに見せびらかしている。

「はぁ、あふぅ、やっぱり非難の視線が気持ちいいぃ♥　もっと見てぇっ、恥ずかしいオナホの証っ、おじさまの所有物だっていう証ぃ♥　はぁ、あぁ、あぁんっ！」

「ふぅ、ふぅ！　周りの視線を意識し始めたら、ますますマンコの中が熱くなってきましたね。見られているだけでイッてしまいそうな勢いじゃないですか」

「あはぁ、だ、だってぇ、周りに普通の女性が多ければ多いほど、自分が卑しい肉オナホなんだって実感が湧いてきて……っ！　あひぃっ、はぁ、もうっ、んふぅっ、興奮しすぎておかしくなりゅぅっ、はひっ、はぁ、あぅううっ！」

「だったら好きなだけ楽しむといいですよ。お嬢さんの献身的な姿を目にしたら、さらに嫌がられるでしょう」

彼女が張り切れば張り切るほど、俺は極上の快楽を得られる。

どんな場所でもかまわず性奉仕に嬉々と励むメス奴隷の希少性も、オスの自尊心を最高にくすぐってくれる。

トロフィーワイフならぬトロフィー肉便器といったところか。

「はぁ、あはぁ!! すごぉっ、んふぅっ、おぉっ、オマンコの中でぇ、デカチンポが元気に催促してくれてますぅ♥ ヒクヒクって、あぁん……っ!」

「それだけじゃ周りの人はわかりませんよ? ふぅ、もっともっとわかりやすく、具体的に言ってあげましょう」

俺は軽く腰を突きあげ、孕んでずっしりと重くなっている子宮に亀頭をこすりつけるようにしながら命じてやる。

「んんぅ! わぁ、わかりましたぁっ♥ ひぅっ、はぁはぁ、キ、キンタマに子種がパンパンに詰まってるからぁ、早くチンポしごきしろってぇ……♪ オチンポがビクビク震えて、ボテ腹マンコに命令してくれてるんですぅっ! はひぃっ、はぁはぁ、承りました、おじさまぁ♥ あなたの肉オナホ紗良がぁ、あぁん、ボテ腹マンコでもっともっと激しくじゅぽじゅぽとチンコキご奉仕しまぁすっ!」

もう恥も外聞もなく、腹の底から絞り出したような雄叫びをあげた紗良が、髪を振り乱しながら派手に腰を振りまくる。

ずちゅるぅっ、ぐっぽぐっぽっ、ずぶぶっ、ぬちゅるううっ！

「あんっ、あっ、あぁっ、カリ高勃起チンポぉ、いいっ！　奥ぅっ、子宮にいっぱい当たるのぉっ、おっほぉっ♥　あぁんっ、もっとっ、はぁはぁ、マンコ締めてぇ、硬い竿、しこしこご奉仕しまぁすっ、んはぁっ！　ひぃっ、あひいいいっ♥」

「くぅっ、うぅ、おおぉ……っ、とっても気持ちいいですよっ、お嬢さんは名器だからたまりませんっ！」

この一年近く、数え切れないほどお世話になってきたマゾメスエロボディだが、いまだに飽きがこない。

それどころか、もう日常生活で欠かせないレベルの愛用品になっている。

「はぁ、あぁんっ、あっ、あっ、いいぃ、おじさま気持ちよくなってぇ、いっぱいザー汁出してぇっ！」

「はぁ、はぁっ、うねりながらの締めつけっ！　並みの女性ではこうはいきませんねっ、相変わらず素晴らしい使い心地だっ‼」

「あひっ、あぁんっ、それはもう♪　おじさまに毎日いっぱいハメてもらって鍛えてもらいましたからぁ♥　おじさまのデカチンポにぴったりのぉっ、ご奉仕大好きオナホオマンコですぅっ、はぁ、ひぅっ、あああんっ♥」

俺に褒められるたびに、紗良は心からうれしそうに蕩け顔になる。

愛液の分泌もますます増えて、俺の性欲処理に誇りと快楽を強く感じていることがはっきりと伝わってきた。

「あなたのこのいやらしくて変態的な身体を見たら、はぁ、はぁ、俺もハメている最中だというのに、ますますムラムラが募って我慢できませんよ!!」

「あっ、あっ、ぜぇんぶおじさまが手ずから調教してくれたぁ、あぁん、自慢のメスマゾボディでぇす♪　大事なところがちっとも隠せていない水着もぉ、乳首とクリのエッチなピアスもぉ、この恥ずかしいタトゥーもぉ……っ」

ひとつひとつ、自らの身体に刻まれた卑猥な証に視線を向けて呟くたびに、紗良の腰振りがダンスのように激しく情熱的になっていく。

肌の火照りも増し、結合部から溢れる泡立った愛液の量も増える一方、それだけ興奮して欲情してきたということだ。

「あぁん、な、なによりぃ、しっかり種つけしてもらってぇ、こんな立派なボテ腹肉オナホにしてもらえてぇ、んふっ、幸せぇ、はひっ、あぁっ、らめぇ、おおおっ、こみ上げてきてぇ、おっぱい、こみ上げて……ひぎぃっ、いいいっ、で、出りゅっ、出ちゃいまひゅうううっ、おっほおおおっ♥」

感極まった紗良がひときわ勢いよく腰を落とし、ペニスの先端が強めに行き止まりの肉室を突きあげた瞬間。

びゅううっ、びゅびゅびゅっ！

爆乳が悩ましく弾み、乳首から勢いよく真っ白なミルクが迸（ほとばし）った。

「ははっ、まだまだ出産前だというのに、随分と気が早い妊婦ですねっ。うん、しかしこの甘くいやらしい香り、実に素晴らしいですよっ！」

「はぁはぁ、んぅっ、おじさまに喜んでもらえて嬉しいですぅっ♥　くはぁ、んぅっ、おじさまが孕ませてくれたから、いっぱいひり出せるようになったミルクぅっ、はぁはぁ、もっとたくさん、たくさんお楽しみくださいっ、ひぐぅっ、ひいいい！」

俺の褒め言葉に気をよくした紗良は、ますます腰使いを大胆に早めてきた。

にちゅるぅっ、ぐちゅぐちゅぅっ、ずっちゅ！　びゅううっ、びゅるるっ!!

蜜壺をペニスがかき混ぜる淫音に、射乳の音が混ざり合う。

「ひぅっ、あああ、もっと出るぅ、母乳ぅ、いっぱいひり出してぇ、オナホマンコご奉仕頑張るのぉっ、おっほおおおおっ♥」

妊婦なら母胎をいたわるべきなどという常識的な発想は、すっかりオナホとしての自覚を持つようになった紗良には存在しない。

膨張した腹部は性欲処理の中出しで孕まされた証明でしかなく、背徳的な被虐欲に舌なめずりしている。

「あはぁっ、おじさまぁ♪　いっぱいチンポしごきますぅっ!!　大好きぃっ、もっと紗良をオモチャにしてぇっ！」

「ふぅ、くうぅ、おねだりが上手なお嬢さんですねっ、いいですよっ、あなたの変態っぷりをお披露目ですっ」

俺はそのご褒美と言わんばかりに、派手に弾んで目立って仕方がない巨乳めがけて、これでもかと素早いスナップを利かせて平手を食らわせてやった。

ばっちいいいいいいいいいいいいいいいんっ！

「あぁあぁっ♥　くひぃっ、おっぱい虐めてくれて嬉しいっ♥　もっと叩いてっ、痛くしてぇっ！　あひぃっ、おおおっ、くりゅぅっ、おっほぉっ、んほおおっ♥」

「ははは、あなたはこれが大好きですもんね！　くうぅ、相変わらず、叩くたびにグイグイとマンコが締まっていい使い心地だ!!」

俺はその使い心地のよさに満足しつつ、より激しい腰使いを求め、何度も繰り返し母乳塗れの爆乳を引っぱたいていく。

ばっちんっ、ばちいいいんっ！

「あっ、あっ、あっひいいっ♥　おっぱい痛いですっ、痺れますっ、でも気持ちいいっ、オマンコ熱くなるっ、あはぁっ！」

淫蕩な本性がダダ漏れのアへ顔を晒しては、せっかくの理知的な美貌も台無しだ。

しかし、だからこそ彼女は淫らな官能に酔いしれ、俺もこれでもかと肉棒を昂ぶらせてしまう。

「いいですねぇ、母乳が出るようになってから、前にも増してずっしりと重くなって……叩き心地にいっそうの卑猥さが加わりましたよっ」

「あひっ、私もぉ♪　母乳がたまっておっぱいが張ってると、あはぁっ、痛みも大きくなりますぅっ！」

悶え喘ぐ紗良は加虐を働く俺の手のひらから逃れようとするどころか、甘えてねだるように胸を差し出してくる。

紅葉マークで腫れ上がった乳房を力強く揉みし抱いてやると、それこそ気が触れたような嬌声を響かせた。

「きひぃいいぃっ、おじさまぁんっ、いいっ、気持ちいいっ、おっぱいっ、あはぁっ、凄いのぉおぉっ！」

「くうぅっ、凄いのはおっぱいだけですか？　ま、周りから見えない部分も大変なことになってません？」

「あぁんっ、オマンコもおぉっ、あひっ、熱いっ、蕩けるぅっ、チンポいっぱい締めつけちゃいますぅっ！」

膣腔はまるで電気を流されたかのような派手な蠕動を繰り返している。

彼女の艶めかしい腰振りと相まって、油断していたら付け根から肉棒をもぎ取られてしまいそうだ。

「おおっ、くぅっ、チンポが揉みくちゃですっ、はぁ、はぁっ、鍛えられた肉便器のメス穴は最高ですねっ」

「ひぃ、あはぁっ、おじさまのカリ高勃起チンポも最高ですっ、世界一愛してる素敵チンポですぅっ！」

俺の射精欲の昂ぶりを結合部から感じ取ったのか、いよいよ彼女のオナホ奉仕が最終段階に突入する。

「あっ、あぁっ、オチンポがビクビクしてきましたぁっ♥　このままいっぱい出してくださいねっ♥　くはっ、腹ボテマンコにザー汁吐き捨ててくださいぃっ！」

「ふぅふぅ、もちろんですよっ！　ほら、大勢の人に見られながら、ボテ腹マンコいっぱいにザー汁ぶちまけられる快感に酔いしれてしまいなさいっ！　あなたのようなオナホメスには最高のご褒美でしょう‼　くぅっ、おおぉっ！」

俺はそう命じつつ、射精へ向けて自らも腰を素早く繰り出していく。

ずっぷううっ、ずぶぶっ、ぬちゅるっ、ずっぽずっぽぉっ！

「あぁんっ、いいぃっ♥　紗良は幸せ者ですっ、あぁんっ、おじさま大好きっ、チンポいいっ、いいのぉっ！」

激しい乳ビンタで母乳があちこちに飛び散り、甘ったるいミルクの匂いが濃厚に立ちこめている。

さらに彼女の素肌に浮かび上がっている玉のような官能の汗からもメスのフェロモンが振りまかれていた。

女体の刺激に慣れていない童貞だったら、この淫らな香りをひと嗅ぎしただけでも射精してしまうだろう。

「くぅっ、あぁんっ、感じますぅ、チ、チンポがっ、あっ、あっ、ヒクヒクって、はぁはぁ、んはぁっ！　くりゅぅっ、もうすぐぅっ、おっほぉっ、おおお！」

「はぁ、はぁ、お嬢さんもっと周りに教えてあげなさいっ、あなたがどれだけ優秀な肉オナホなのかってねっ」

「ひぃ、んひぃっ、私はぁ、おじさまの肉便器になるために産まれてきた卑しいメスマゾでぇす、あぁんっ！　おじさまはぁ、とってもチンポが立派ですっ、ペットボトルサイズの絶倫チンポですっ、あひぃっ！　あぁんっ、そんなおじさまの相手ができるのは、あっ、あっ、メス豚肉便器の紗良だけでぇすっ、ひふぁああっ♥」

紗良は遠巻きに見守っている人々へ誇らしげに叫びながらも、絶えず派手に腰を振り続けて俺の求めに応えてくる。

奥へ向かって大きく波打つ、射精を促してきてやまない膣腔の締めつけ。

その極上の感触に睾丸がせりあがって射精欲が増すと、お嬢さんのおねだりはさらに淫らに下品になっていく。

「あっ、あっ、そのまま奥に出してくださぁいっ♥ おじさまに種付けされた子宮に、また臭いザー汁ぶっかけてぇっ♥ くひぃ、んはぁっ、キンタマに詰まっている元気な子種をぉっ、あぁんっ、紗良マンコに詰め込んでくだしゃいいいっ！」

「うおぉおぉっ、これでもかとぶちまけてあげますっ、はぁっ、くうぅ、おっ、おぉっ、くううぅっ！」

その下品な求めに促されるまま、俺は爆発寸前の肉棒を一気に膣奥へねじ込む。

ずっちゅるううううううううううっ！

「あぁっ、あぁっ、響くぅっ、ボテ腹マンコの子宮にぃ♥ あはぁ、さ、紗良もおかしくなっちゃううっ！ あぁんっ、気持ぢいいっ♥ おじしゃまといっしょにぃっ、あぁっ、イグぅ、イグイグイグぅうっ！」

どっぷうううううっ、びゅるるるるっ、びゅるううううっ！

「あぁあぁあぁっ、くひぃっ、しゅごい勢いぃっ、ビュ～ビュ～熱いザー汁がぁっ♥ はぁはぁ、くはっ、んひぃいいいっ！ イッ、イグぅううう♥」

「くうぅっ、おおぉっ、この吸いつきがたまりませんっ、くはっ、うおぉおぉっ！」

俺が噴火のような勢いで吐精を始めた途端、膣内が力強く収縮した。

貪欲にしぼり取りにくる締めつけに、射精はまるで間欠泉のような勢いになる。

おかげで尿道に走る快感が増大して俺も無様に吠えずにはいられない。

そして強烈な射精の恩恵を受けるのもまたお嬢さんだ。

「あぁっ、くひぃっ、奥から焼けてぇ、とぉ、蕩けちゃうろぉおぉっ、ひぃ、ひぃっ、イギまぐりぃいぃっ！」

「くううっ、もうとっくに蕩け切っていますよ、あなたの極上オナホ穴はっ！　おおおおおおっ、出る出るっ、まだ出るっ！　射精、全部受けとめて、もっと孕んでしまいなさい……上書きの受精アクメをキメろっ‼」

「ふぁっ、ふぁひいいい♥　あぁん、中出しアクメぇぇっ♥　いいぃっ、チンポぉっ、チンポしゅきぃっ、ふおっ、おほぉおぉおっ！」

紗良は子宮を打つ熱液の刺激に合わせて大きく背すじをくねらせ、長々と絶頂の波に浸り続けている。

ビクビクと雷に打たれたかのごとく痙攣を繰り返すその姿を見守りつつ、俺はようやく長い吐精を終えた。

「んひっ、あはっ、あぁんっ、たっぷりザー汁ありがとうございましゅぅ、はぁ、はぁ、あはぁ♪　しゅごぉ……おおっ、お腹、熱いのでいっぱいれすぅ……♥」

「ふぅ、ふぅ、お嬢さんは中出しされるのがなにより大好きですからね。くくっ、こんな

外でも容赦なく全力でザー汁しぼり取りにきたオナホマンコへは、最高のご褒美になったでしょう？」

　膣壁がまだ細かくヒクついている。深い絶頂の余韻が残っている証拠だ。

　この状態になってしまったら、イキっぱなしでしばらくは戻ってこれないだろう。

　たった一発の膣内射精だけでこのありさまだ。

　人間を廃業した肉便器がどれだけ卑しい存在なのか、よくわかるというものだ。

「あぁん、あはぁ、し、幸せオマンコぉおぉ……っ！　はぁ、みんにゃ見てぇ、これがマゾメス肉便器れぇす！」

「ふぅ、んく、ちなみに俺のチンポの様子はどうですか？」

「はぁ、あふぅ、いっぱい出したのにぃ、あぁん、ちっとも萎えてませぇん、しゅごい絶倫チンポぉ♥　なのでぇ、このまま抜かず十発メス豚マンコしごきれぇ、紗良がおじしゃまに肉便器ご奉仕しまぁす♪」

「くくっ、いいでしょう、満足するまで付き合いますよ！」

　俺は周囲から投げかけられる好機の視線を楽しみつつ、火がついたボテ腹マゾオナホの奉仕を思う存分楽しみ続けるのだった——。

エピローグ 専属ボテ腹オナホ！ 金髪爆乳ＪＤ、紗良

たっぷり野外露出プレイを楽しんだあとは、宿に戻ってのんびりする。

「おじさまぁ、お茶が入りました。お茶請けのお菓子、水ようかんとカステラを用意してありますけど、どちらがいいですか？」

「小腹が空いたし、両方いただきましょうか」

「はい、ただいますぐに♪」

いくら股間は精力絶倫の永久機関だとしても、本体の俺は喉も渇けば腹も減る。

こういう休息のひとときにも、紗良はそつなくまめに役立ってくれるのだ。

「ふぅ……紗良が入れてくれるお茶は美味い」

「はいっ♥　花嫁修業でお茶もひととおり習いましたからっ♥」

そうすぐ傍らで微笑む紗良は、いいとこ育ちだけあり、華道に茶道、料理洗濯掃除に裁縫着つけと花嫁修業と呼ばれるものはひととおり習っていたそうだ。

性奉仕以外の場面でも甲斐甲斐しく俺の世話を焼いてくれる。

（まったく完璧というのは、このお嬢さんみたいなメスのことを言うんだろうな）

その優秀さをすべて俺のために使い、そのことに幸せを感じている。

自分が手に入れた幸運に、改めて歓喜してしまう状況だ。

「はい、おじさま。あ〜ん♪」

「あ〜ん、むぐむぐ……うん、美味いっ」

そんな俺をもっと喜ばせようとしてくれているのか、紗良は言われるまでもなく用意した茶菓子を手ずから食べさせてくれている。

こうして愛くるしい爆乳ＪＤの手で食べさせてもらうと、元々高級で美味しいお菓子もますます甘く、蕩けるような美味さに感じられた。

「俺だけ食べるのも悪いですよ。ほら、お嬢さんも、あ〜ん」

「うふふ、あ、あ〜ん……っ」

照れながらモグモグしているお嬢さんメッチャ可愛い。

これでド変態の淫乱メスマゾチンポ狂いなのだから、天はこのお嬢さんに一物どころか二物も三物も与えたことになる。

やっぱ世の中って不平等にできているよな。

(以前なら俺もそれを羨む側だったが……いまは逆の立場だな)

なにしろ、こんなにも素晴らしい爆乳オナホを孕ませ、こうして思うままに弄べている
のだから。

世界中の男が血の涙を流して羨ましがる立場だろう。

「おじさまぁ、はい、お返しです。あ～ん♪」

「それなら俺も、あ～ん」

などと、温泉旅館の部屋にはよく似合う、新婚夫婦のような雰囲気で甘くイチャイチャとした時間を楽しんでいたのだが――それだけにとどまらず、すぐ淫らな雰囲気が盛り上がってきてしまうのが俺たちだ。

「くすす、おじさまぁ、お茶だけじゃなくて、もっと甘くて温かい飲み物はいかがでしょうか？　はい、今度はこっちをあ～ん♥」

うっとりと目を細めた紗良が身につけていた、おもむろに豊満な乳房を両手でグッと中央に寄せて潰し、乳首からにじみ出てきた母乳を飲ませようと口元へ近づけてきた。

唇をチロリと舌で舐めあげ、潤んだ瞳でじっと見つめてくる。

そんなすっかり小悪魔めいた媚態も、この半年ほどですっかり板についた。

こんなふうに勧められたら、断るわけがない。

「ははっ、どれどれ……んっぐっ、ちゅうっ、ちゅっぱっ、んぐんぐっ！」

「くううっ、あぁううっ！　ほぉ、本当にぃ、赤ちゃんみたいにおっぱいに吸いついてくれるなんて……あひぃっ、あぁ、嬉しいれすぅっ、おっほぉっ、おおおっ♥」

唇で乳首の根元をしっかりと締め、舌先でそこを飾るピアスを舐め弾くように刺激しながら、溢れてくる母乳をゴクゴクと遠慮なく飲み干していく。

ほどよく温かく、そして甘い。

これは他では味わえない、この時期だけの特別なドリンクだ。

「ふぅっ、んっちゅっ、じゅるるるっ！　赤ん坊に飲ませるのが惜しくなるほど、栄養満点で美味しいミルクだっ！　じゅぱじゅぱっ、んぐっ！」

「はぁうっ、あああっ、だ、大丈夫ですぅっ♥　おじさまがお望みなら、赤ちゃんの分だけじゃなくて、おじさま用の母乳もいっぱいひり出してみせますっ♥　そのためのいやらしい爆乳ぅ、爆乳オナホですからぁっ、はぁはぁ、ひぅううっ♥」

乳房を軽く揉みながら母乳を飲んでいると、紗良はそれだけで何度も達したかのように肩を震わせ、甘い吐息をこぼす。

こんなにも淫らな反応を見せられながら栄養補給をしていたら、当然のように股間が熱く滾ってきてしまった。

「んぷっ、ぷはぁ！　ふぅ、たっぷりと美味しいミルクをごちそうしてもらいましたね。こうなったら、俺も負けていられませんね。ほら、あ～んですよ、あ～ん」

俺は乳房から口を離すとすぐさま立ちあがり、すでに雄々しく勃起してしまっているペニスを紗良の口元へ近づけた。

「はふっ、んん！　あぁ、さっきあんなに出してくれたのに、もうカチカチぃ……精液のにおいがプンプンしているエッチなオチンポになってますぅ、はふぅっ♥」

言われるまでもなく亀頭へ鼻先をすり寄せてきた紗良が、そのにおいだけで恍惚と頬を緩めてしまった。

「はぁ、はぁ、あはぁ、どのようなご奉仕をお望みですかぁ……っ！」

「そうですね、あなたの巨乳が映える淫乱ホルスタインスタイルでいきましょうか。グッズは全部、あなたが持ってきていますよね？」

「もちろんですぅ♥　すぐにご用意いたしまぁす♪」

俺が命じると、紗良はすぐさま部屋の片隅に置いてある大きな鞄を漁り始めた。

それは身の回りの品々とは別の道具――彼女と楽しむために、この一年、あれやこれやと買い集めてきた淫らなグッズが詰め込まれているものだ。

その中から必要な衣装と小道具を取り出した紗良は、鼻歌交じりの上機嫌さでいそいそとそれを身につけていく。

「うふふ、これでよろしいですか？　紗良はぁ、おじさまのデカチンポに目がない淫乱ホルスタインですブモォオォ♪」

鳴き真似をしながら俺の前に立つ紗良は、白と黒の模様が入った穴あき水着――本人が言うとおり、乳牛を模したデザインの衣装姿だ。

ご丁寧に銀の輪っかも鼻につけ、牛になりきっている。

「あははっ、いいですねぇ、素晴らしいですっ！　爆乳のお嬢さんには、メスブタ衣装もいいが、メス牛衣装もお似合いだっ」

彼女にはきっと似合うはずだと用意していたのだが、これは期待以上だ。

怒張がますます熱く高まっていくのを感じつつ、俺はその場に座り込む。

「では、まずはその素敵な巨乳で楽しませてもらいましょう。やり方は前に教えたからわかりますね？」

「はい、もちろんですぅっ♥　それでは、私のデカパイでぇ、おじさまのデカチンポにご奉仕ぃ……乳マンコご奉仕させていただきますっ♥」

俺が命じると、紗良は見せつけるように爆乳を両手で揉み寄せつつ、その谷間にいきり立つペニスをむにゅりと挟み込んだ。

「んふぅ、ちゅ、ちゅ、んんぅ……っ、チンポ熱ぅい♪　れろろ、んちゅ、んっ、んっ、くむぅ……っ！」

柔らかく弛む乳肉で竿を根元から先端近くまで挟みつつ、少しだけ顔を覗かせている亀頭へ舌を這わせてくる。

「くうっ、そうそう、その調子です！　おっぱいを揺さぶって、チンポを休みなくしごいてください。ミルクしぼりは得意でしょう？」

「はいっ、んっちゅっ、任せてください……はむっ、じゅるるっ、んふぅっ、はぁ、ちゅ

うううっ、んっちゅぅっ、れろぉ♥」

紗良は鈴口から滲むカウパー腺液を夢中で舐め味わいつつ、掴み寄せた爆乳をボールのように弾ませ、谷間に挟んだペニスをしごき始めた。

むにゅんっ、ぬちゅぅぅっ、くちゅるぅっ、ぬっちゅぅっ！

「おおおっ、このずっしりと重い感触……くううっ、いいですよ!!」

元々マシュマロのような極上の柔らかさがあった乳房は、妊娠後にさらなるレベルアップを果たしていた。

母乳の質量が加わったためか、つきたてのお餅のようなモッチリ感も備わっている。

「ちゅぷ、れろろ、んふぅ、嬉しいです、誉めてもらえてぇ♥　だぁい好きですぅ、おじしゃまぁ♥　れろろ、ちゅ、んふぅ、うっく、んんぅ……っ！」

紗良は甘く囁きながら熱心に亀頭を舐めしゃぶり、乳房で丹念にしごき上げる。

これでときめきを覚えなかったら男じゃない。

それはもう自然にやに下がってしまう。

「ふふふ、あなたほどチンポをしゃぶっている顔が魅力的なメスはいませんね」

「ちゅ、れろろ、こぉんらに硬くひてくれふぇ、れろろ、んちゅぷ、紗良も幸せれぇふ、ちゅ、れろんっ！」

舌の動きが艶めかしい。しっかり肉棒を味わっているメスの顔つきだ。

鈴口にカウパーが滲み出るたびに、嬉しそうに舐め取るのもスケベすぎる。

「あふぅ、れろろ、んちゅぅ、れろ、れろろん……っ、んんぅ、うっく、れろろ、ふぅ、くむぅ……っ♥」

「お、おおぉ……っ、とても上手ですよ、くぅぅ、その調子です、もっと強くしごいて、チンポ汁をしぼり出していってください！　はぁ、はぁ……っ」

裏筋からカリ首をなぞる舌先の絶妙な力加減は熟練の域だった。

好きこそものの上手なれとはいうけど、いまの紗良のパイズリフェラは高級風俗嬢すら目じゃない。

「んっく、ちゅぷぷ、おじしゃまぁ、れろろ、んふぅ、おっぱい、ちゅぷ、おっぱいが、んちゅぅ……っ！　ちゅ、れろろ、あふぅ、淫乱おっぱいもぉ、おじしゃまこんらに好きだってぇ、れろろんっ！　はひぃっ、あぁ、疼いてぇ……おっほぉっ……で、出るぅ……出りゅぅっ、またぁ……ミルクぅ、んっほぉっ……ふうううっ♥」

　夢中で双乳を揺さぶっていた紗良が、気持ちよさそうに声をうわずらせた直後。

びゅううっ、びゅびゅぅっ、びゅるううっ！

ツンと硬く尖った乳首から、盛大に母乳が迸り始めた。

　全体を力強く肉棒に押しつけてグニグニと潰れているせいか、迸る母乳の勢いは激しさを増すばかり、まるで水鉄砲のようだ。

「ふぅ、くぅ、これは凄い勢いだ。俺も負けずにたっぷり飛ばしてやるとしましょうっ、さあお嬢さんっ、お手並み拝見ですっ」

「ちゅ、ちゅ、おじしゃまとぉ、れろろ、紗良のミルク勝負れふねぇ、んちゅ、れろ、んじゅぷぷ……っ！」

　肉棒にとても馴染む乳房による上下運動の刺激は、それだけでも余裕で俺に極楽を見せてくれる。そこに卑猥な口奉仕も加わっているのだから、それはもう精液も勢いよく飛び出すことだろう。

「んっちゅ、れろろ、んむぅ、お口マンコれザー汁ドピュドピュぅ♪　れろろ、ちゅぷ、じゅるるっ！」

「ふぅ、うぅ、き、きましたよっ、そのままですっ、はぁ、はぁ、顔中にザー汁パックをしてあげますっ！」

幹竿が柔らかな乳肉でしごかれ、亀頭をキャンディみたいに舐め転がされる。

極上の快感に下腹部全体が痺れるような悦楽が高まり、俺はその射精衝動に遠慮することなく身を委ねた。

「んんぅ、うれひぃ、ぶっかけれぇ、ちゅぷぷ、紗良をザー汁まみれにしてくりゃしゃいませぇ、れろろ、ちゅ、んちゅぷぅっ！　出ひれぇ♥　じゅっぷ、んっ、んっ、おっぱいとお口マンコれぇ、れろ、れろっ、ちゅぷ、じゅぷぷぅっ！」

びゅるううう！　どっぷぅっ、びゅっぶっ、びゅるるるるっ!!

「あぁあぁんっ、で、出たぁっ♥　ネバドロのぉ、臭いザー汁シャワーぁんっ！　はぁ、はぁ、くふううっ♥　あはぁ、気持ちいいぃっ、あひっ、あぁあぁっ！」

派手に迸る白濁を受け、紗良はうっとりと歓喜の叫びをあげる。

その蕩けた顔や揉み潰された双乳は、盛大に迸る精液であっという間に白く染めあげられていく。

「うおっ、くうぅっ、どうだっ！　俺の匂いをたっぷりと染みつけてあげますっ、おお、出る出るっ、もっとぉっ……くうううう!!」

これはれっきとしたマーキングだ。

このメスは俺のモノだと全方位に向けて主張している。

それは紗良にしても望むところだろう。

積極的に顔面を差し出して俺の子種で汚されようとしていた。

「あはぁ、いっぱいザー汁ぅっ！　もっともっとかけてくださいぃっ♥　しゅごぉ、オチンポ、射精しながらどんどん元気になってりゅのぉぉっ♥」

「おおぉっ、ふはっ、まだまだだっ！」

「あぁん、ドロドロになるぅ、お顔もおっぱいもぉっ、いいぃ、熱いのぉっ、はぁはぁ、素敵ぃっ、はひぃ……ああぁんっ！」

俺は歓喜に身悶える紗良を見つめつつ、最後の一滴までしっかりと出し切った。

「あふぅ、たっぷり出ましたねぇ、はぁ、はぁ、気持ちよくなってくれありがとうございまぁす♪」

「ふぅ、ふぅ、こんな素晴らしいパイズリフェラのおかげですよ、並のおっぱいじゃこうはいきません」

「んふふ、お役に立ててうれしいです♥　ちゅ、ちゅ、んっく、ザー汁まみれになれて私も幸せですし♪」

鈴口についばむようなキスを繰り返し、ちゃんと尿道の残滓も吸い取っていた。

最後まで気を抜かない献身的な奉仕に胸が熱くなる。

「お嬢さんはとてもできがいい肉オナホですよ。まったく、俺が手ずから躾けただけのことはある。理想のメス奴隷になってくれましたね」

「ありがとうございまぁす、おじさまが紗良にとって理想のご主人さまだから、おじさま好みのメスになりたいって頑張れるんですぅっ♥」

俺が誉めてやると、紗良は大げさなくらいお尻を振って歓喜し、甘え媚びた目差しを向けてくる。

「では熱心で可愛い奉仕は楽しませてもらいましたから……次は下品で無様な肉オナホの姿を堪能させてもらいましょうか。ふふっ、もうオマンコ、我慢できなくなっていますよね？　クンクン……発情したメスのにおい、漂ってきていますよ」

「はいっ♥　顔もおっぱいもザー汁塗れにしてもらってぇ、淫乱ホルスタインの孕みマンコ、発情して蕩けてますぅっ、はぁはぁ、んぅっ、ほら……見てくださいっ♥　マン汁でぐっしょりの変態オナホマンコ、ブモオオオッ♥」

紗良はすぐさま四つん這いになると、愛液でグッショリ濡れている秘部をこちらに向けてきた。

「んひぃいいっ、くはっ、ブモォオオォォッ♥　あぁっ、発情マンコにチンポずぶずぶ、お願いしますぅ、ブモォオオォッ！」

「ははは、メス豚になったりメス牛になったり、ホントお嬢さんは忙しい肉オナホだ。

どれ……それじゃあぶち込みますよっ！」

俺はそう宣言するや否や、一発の射精ではまったく萎えることのないペニスを、勢いよく肉穴へ突き入れていく。

ずっちゅううううっ、ずぶぶぶぶっ、ぬっぷううううう！

「ブモォオォン♪　おおおおっ、くりゅぅっ、おじさまのチンポぉっ、おおっ、乳牛の孕みマンコぉ、いっぱいにくりゅぅっ、んっふううううっ♥」

しっかり付け根まで肉棒を挿入してから膣内をまさぐるように腰を回してやる。

歓待の蠕動(ぜんどう)を繰り返す膣腔はかなり敏感になっているようで、彼女のメス鳴きは派手になる一方だ。

「くはぁっ、おほぉおぉっ、か、かき回されてオマンコ躾けられちゃうぅっ、チンポに絶対服従ブモォオォッ♥」

「くぅっ、ヒクつきが凄いですよ。ほらほら、まるで暴れているみたいな激しさですっ」

「はぁ、あぁっ、チンポで串刺しにされて身動きできませぇんっ、暴れ牛はチンポに勝てないんでぇすっ！」

媚びるように尻を振って甘えてくる。結合部の摩擦も増えるため、喘ぎ声も自然に蕩けていく。

このお嬢さんは恥ずかしいコスプレのまま激しく凌辱されるのが大好きだ。

被虐欲をこれでもかと刺激されるらしい。

「ふふふ、久々にご褒美チンポではなくお仕置きチンポしてあげましょうか？」

「はぁ、はぁ、してしてぇ♥ くうぅ、紗良はチンポでメチャクチャにされるの大好きブモォオォッ！」

「わかりましたっ、激しく犯してあげますよ！」

ずぶずぶっ、ずちゅるぅっ、ずぶぶぶぶぶっ！

もう生やさしいピストンでは我慢できないと、遠慮なく狭い膣壺を突き混ぜる、本気の動きで責めまくっていく。

「あひっ、おぉおんっ、ブモォオォッ、ひぃ、ひぃっ、凄いっ、響くぅっ、赤ちゃんビックリしちゃうぅっ！」

「ふぅ、ふぅ、セックスしまくりで産婦人科の先生に怒られていたお嬢さんにはいまさらでしょうっ」

「あっ、あっ、だってぇチンポを控えるなんて、あぁんっ、とても無理な相談ですブモォオォッ！　おっほ！　イイッ‼」

羞恥(しゅうち)責めの一環で、わざと前後の穴に精液をたっぷり詰め込んだまま受診させてたりしたからなぁ。

紗良もノリノリで、周囲の妊婦さんにどれだけ変態的な性奉仕をしてきたのか解説し出す始末だし。

「あぁっ、あぁんっ、ホルスタインってミルクのためにまず孕まされるんですよねっ、あんっ、あひぃっ！　あはぁ、なんだかとっても親近感が湧きますっ、あぁんっ、紗良の赤ちゃんも愛の結晶じゃありませぇん♪」

「ふふふ、俺の性欲処理と支配欲の結果ですもんね。くぅっ、いや、ある意味、愛の結晶で合っているかも？」

「あぁん、私知ってまぁすっ、その愛は人間に向けるものじゃなくてぇ、家畜やペットに向けるものでぇす♥　おじさまのドロドロした欲望を一方的に押しつけるのに便利な、はひぃいっ、さ、最高の肉オナホとして気に入ってもらえてまぁすっ♪」

紗良はそんな俺の本心を読み取って叫びつつ、ブルルっと激しく身震いして爆乳を弾ませた。

それに合わせ、温かなミルクがまたしても周囲に飛び散る。

嬉しさのあまり感極まって軽い絶頂に達してしまったようだ。

「道具は使用してもらってこそ存在意義を発揮できますからねっ、くうぅ、このオマンコも同じですっ」

「あひっ、そうですっ、さ、紗良の孕み穴を世界で一番使い倒してくれるのがおじさまチンポですぅっ！」

「ふぅ、ふぅ、そうだ！　お嬢さんの穴という穴、頭のてっぺんからつま先まで、俺のモノですからねっ。俺を喜ばせるためのオモチャだ‼」

「あっ、あっ、うれしいっ、ありがとうございますっ、大好きおじさまっ、もっと紗良を使ってブモォォッ！」

甘えるような膣肉の締め付けからは人の尊厳は欠片も見受けられない。

ひたすら被虐の欲望をたぎらせて、マゾメスらしい淫らで下品なおねだりそのものだ。

「いいでしょう、さっきからイヤらしく弾んでいるおっぱいが気になって仕方なかったですからねっ！」

背後から鷲づかみにして、これでもかと爪を立てながら揉み潰す。

「あぁあぁっ、おっぱいがぁあぁっ♥　くひぃっ、おぉおっ、しゅごいぃっ、さすがおじらしい。

「おおぉっ、そんなに気持ちいいですかっ、くうぅ、相変わらずチンポが食いちぎられそうな締め付けですっ!!」

母乳で張りすぎた乳房は、なにもしなくても熱を帯びたりチクチク痛みを覚えたりする

そんな過敏になっている乳房をこれでもかと乱暴に鷲づかみにするのだから、紗良の反応も狂乱めいている。

「ひぎいぃっ、くはぁっ、目がチカチカするくらい痛いブモォォッ、おっぱいはち切れるブモォォッ！」

「はぁ、はぁ、あとでタップリ搾りたての母乳をご馳走させてもらいますっ、しっかり熟成するんですよっ」

「あぁんっ、わかりましたぁっ♥ 美味しいミルク出しますからもっと虐めてっ、痛くしてブモォオォッ！」

「ふぅ、くうぅっ、マゾ酔いすればするほど母乳の品質がよくなるのはお嬢さんならではですよねっ。どこまでも浅ましいマゾ牛だ！」

育ちきったスイカのような乳房から産出されるミルクの量は相当のものだ。

おかげで俺も毎日美味しくいただいたり、楽しくプレイに利用したりしている。

「お嬢さんの母乳は栄養満点で滋養強壮にもってこいですっ、くぅ、すっかり俺も大ファンですっ」

「あっ、あひっ、マゾメス紗良印のホルスタインおっぱいミルクっ、いつもごひいきうれしいブモォオォっ！」

「ふぅ、うぅ、こんなに素晴らしいミルクを俺だけで楽しむのもなんですし、あなたも一緒にどうでしょう？」

素早く腰を打ちつけながら、ニヤついた口調でなにかを匂わせる提案をする。

そこは俺のやり口に慣れたお嬢さんだ。一段と目を輝かせた。

「あぁんっ、ぜ、ぜひご一緒にさせてほしいブモオォッ！　んはぁっ、そ、それで、私はいったいなにを？」

「くうぅっ、この大量の母乳を……そうですね、二リットルほどあなたに浣腸してみるのはどうでしょうか？　そのあと、十時間連続抜かずアナル肉便器コース！　俺のザー汁と混じってとても滋養にいいでしょうねっ！」

「あぁっ、あぁっ、そ、それは凄すぎますっ、また頭が飛んでチンポ狂いになってしまうブモォオォッ！」

なんとなく思いついた、我ながら過激すぎる変態行為だが、思ったとおり、堕ちたマゾメスお嬢さんには大好評だ。

派手にうねって絡みついてくる膣腔は、いまからもう待ちきれないという正直なボディランゲージだろう。

「はぁ、はぁ、腸で吸収しきれなかったぶんは、エサ皿にヒリ出したあとマゾブタ飯にしてあげますからね‼」

「あひぃっ、おじさま天才っ、素敵ぃっ、愛してますっ、あぁんっ、ぜひ紗良にご馳走してくださいっ！」

嬉しそうに叫ぶ声に合わせ、膣壁のうねりが激しさを増す。

「くおおぉっ、膣壁のヒダヒダでチンポがすりおろされそうですっ、やはり極上淫乱マンコは素晴らしいっ！」

射精欲の昂ぶりに俺は逆らわない。この身体を使って、いつでもどこでも好き勝手に射精できる特権が俺にはあるからだ。

「あっ、あっ、チンポがぁっ、んひぃっ、激しいっ、太いっ、熱くて射精直前っ、たまらないブモォオッ！」

「おおぉっ、くうぅっ、お嬢さんっ、いいですねっ、このまま出しますよっ！」

「あひぃっ、きてぇっ、あっ、あっ、ブモォオォッ、しゅごいっ、おかしくにゃるっ、ブモッ、ブモォオッ！　マゾ牛おっぱい潰れりゅぅっ♥　オマンコ壊れりゅぅっ、いいっ、ブモォッ、チンポッ、チンポぉおぉっ！」

びゅるううう っ、びゅるぅっ、びゅっくうううっ！ びゅびゅっ、びゅううっ!!

「ブモォオオォォッ！ イグイグぅっ、んはっ、ドピュドピュザー汁マゾマンコアクメぇええぇぇっ！」

「くおぉっ、ふはっ、お嬢さんっ、おおぉっ、どうですっ、さあイキなさいっ、もっと狂いなさいっ！」

俺は獣のように悶え叫ぶ紗良の胎内へ吐精し続けながら、目を白黒させている紗良をさらに煽っていった。

「イグイグぅうぅっ、おじしゃましゅてきぃっ♥ んはっ、ブモォオォッ、またイグブモォオォッ！」

命じられたマゾメスオナホの紗良は母乳を派手に飛び散らせながら、ガクガクと肢体を派手に痙攣させ、さらに高い絶頂へ昇り詰めていく。

俺の肉棒も射精のたびに大きく脈動し、その膣内で暴れ続けていた。

「ううぅっ、おおぉっ、淫乱ホルスタインはこんなものじゃないでしょうっ、くぅっ、本性を見せなさいっ！」

「くひぃっ、あちゅいザー汁子宮に直撃しゅごいれふぅっ、んはっ、ボテ腹マンコアクメブモォオォッ！」

「あぁっ、くぅっ、もっとですっ、はぁ、あっく、人間廃業したメスマゾ肉便器の牛鳴き

を響かせるんですっ！」
　彼女が無様な姿を晒せば晒すほど、勝ち組美人ＪＤを自分の肉棒で屈服させてやった勝利感を強く味わえる。
　横暴なオスの支配欲は所有物になったメスへの愛着へと結びつき、射精の勢いも増すばかりだ。
「あぁんっ、いっぱいザー汁ぅっ、くはぁっ、イグのぉっ、イグイグマンコぉっ、アクメブモォオォオッ！　しゅごいろぉっ、頭まっしろぉっ、ブモォオォオっ、ザー汁だいしゅきぃっ、ブモブモマンコぉおぉおっ！　くはぁっ、はぁ、はぁ、あぁん……っ、と、蕩けて脳ミソまでザー汁漬けになった気分れふぅ♥」

ようやく絶頂の波が静まると、紗良は小刻みに背すじを震わせつつ、もう夢見心地の呆けた表情になってしまった。

「はぁ、はぁ、いや〜、とても可愛らしい下品なメス鳴きでしたっ！　チンポに響きましたよっ。射精してもすぐにまた勃起できそうなほど魅力的だ」

「あふぅ、紗良が人間から遠ざかれば遠ざかるほど、あぁん、おじさまはチンポ硬くしてくれますもんねぇ♪　だからぁ……私、もっともっと人間失格の、浅ましくてド変態のマゾメスになりたいですぅ……んふぅっ、ふふふふっ♥」

堕ちきった紗良の倫理観は、極まったマゾ気質が基準となった肉オナホ独自のものになっている。

すべての判断基準は、俺の性欲処理に役立てるかどうかだ。

「ふふふ、このボテ腹もお嬢さんによく似合っています。出産が済んでもすぐに種付けしてあげますよ」

「はぁい、おじさまに所有されているメスの義務ですぅ、あはぁ、なんどでも孕んでなんどでも産みますぅ♪　紗良はぁ、おじさまのためだけに生きていく肉便器ぃ♥　卑しいチンポ狂いブモブモォ、ブモォオォォッ！」

自尊心の欠片もない媚びた態度で俺好みの甘えた嬌声をあげ続けている。

俺の欲望はお嬢さんの欲望であり、お嬢さんの悦びは俺の悦びだ。

俺はこれからもずっと彼女をどこまでも俺にとって都合のいい性欲処理のマゾオナホとして使い続けていくだろう——。

遊真一希

Ikki Yuma

オトナ文庫の読者さま、Miel ユーザーのみなさま、
『水着の金髪爆乳ＪＤをビーチでデカチンナンパ』
ノベライズ版、お買い上げありがとうございます。
本作のライティングを担当させていただきました、
遊真一希です。
水着からこぼれそうな爆乳。おまけに金髪のお嬢さま。
そんな男の夢の具現化といってもいいヒロインを、
一見冴えないおじさんがデカチンで
ハメ堕としてしまうというロマン溢れるお話、
お楽しみいただけましたでしょうか。
サイズに合う水着を探すのは大変だろうなと
思わず気になってしまうほどの大きなおっぱい。
やっぱり爆乳はいいものだと、
執筆していて改めて思いました。
挿絵でもその魅力がたっぷりと描写されておりますので、
文章とともに心ゆくまで
お楽しみいただけましたら幸いです。
本作を執筆する機会を与えてくださった編集部さま、
Miel さま。そして最高にエッチで魅力的なヒロイン
を描き上げてくださったＴ-28 さまに改めてお礼を。
そして本作をお手に取っていただいた読者のみなさま、
ありがとうございました。
また次の機会にお会いできることを祈っております。
それでは！
２０２２年　遊真一希

オトナ文庫

水着の金髪爆乳JDをビーチでデカチンナンパ
～将来有望なお嬢様卵子を台無しに♪ ハメ穴として生きる幸せを教え込む夏～

2022年 1月 28日　初版第1刷 発行

■著　　者　遊真一希
■イラスト　T-28
■原　　作　Miel

発行人：久保田裕
発行元：株式会社パラダイム
〒166-0004
東京都杉並区阿佐谷南1-36-4
三幸ビル4A
TEL 03-5306-6921
印刷所：中央精版印刷株式会社

OB-269